Feria del Libro de Madrid
3 de junio de 2023.

Para Vega,
nueva amiga de la familia F.
¡Disfruta mucho de nuestra primera aventura!

www.loqueleo.es

PARA VEGA.
¡UN ABRAZOTE ENORME!
Alex

2023, Sanoma Infantil y Juvenil, S. L.
Loqueleo es una marca registrada directa o indirectamente por Grupo Santillana Educación Global, S. L. U., licenciada a Sanoma Infantil y Juvenil, S. L.
Ronda de Europa, 5. 28760 Tres Cantos, Madrid
Teléfono: 91 744 90 60

ISBN: 978-84-9122-372-6
Depósito legal: M-33.788-2019
Printed in Spain - Impreso en España

Sexta edición: febrero de 2023

Directora de la colección:
Maite Malagón
Editora ejecutiva:
Yolanda Caja

Las materias primas utilizadas en la fabricación de este libro son reciclables y cumplen ampliamente con la normativa europea de sostenibilidad, economía circular y gestión energética.

Ana Campoy

FAMILIA A LA FUGA

EN BUSCA Y CAPTURA

Ilustraciones de Álex Alonso

loqueleo

LORENZO

Padre de los F.
Amante de la tranquilidad y de su familia. Lástima que MANDÍBULA quiera acabar con las dos cosas.

NORMA

Madre de los F.
Artista del marketing y de los castigos creativos. Sus altas capacidades de organización han salvado a su familia de muchas situaciones complicadas.

GINEBRA

Abuela de los F. Es la persona más exótica que puedas hallar en este expediente. Su lista de cualidades es demasiado larga como para reunirla en esta ficha. Esconde más secretos de los que imaginas.

MAYA

Hija mayor de la familia F. Fanática de la lectura y aspirante a actriz. Cada nueva identidad es un reto para ella.

LUCAS

Hijo mediano. Tan optimista que se sale de la gráfica. Es capaz de adaptarse a cualquier situación. Alucina con los dispositivos de la AAA y sueña con que le dejen usarlos algún día.

FIONA

Hija pequeña. Odia las injusticias y que le digan lo que tiene que hacer. Lleva fatal lo de cambiar de identidad; la que tenía antes le gustaba muchísimo.

Para Majo, Javi y Leia,
mi familia favorita.

CAPÍTULO 1

Es difícil contar una historia cuando no se puede decir mucho sobre sus protagonistas. Te prometo que es bastante complicado. Normalmente, cuando alguien empieza a escribir un libro, comienza explicando quiénes son sus personajes, dónde viven o a qué dedican su tiempo libre. Es un truco estupendo para que empieces a conocerlos y lograr que te caigan simpáticos. Pero mucho me temo que, en este caso, nada de eso es posible. Estoy atada de pies y manos. Créeme, es por tu bien. No estoy exagerando.

Hay muchas cosas que podría decirte sobre los F., el problema es que me está prohibido contarlas. A pesar de la imagen de ellos que has podido ver en la cubierta (llegaremos a eso más adelante), la familia F. podría pasar por una familia corriente. Sin embargo, si alguien cogiera unos prismáticos y mirara un poco más de cerca, se daría

cuenta de algo evidente: que los F. tienen un secreto. Y no uno pequeño, sino uno enorme, gigante, inmenso. Un secreto como un camión de grande. Y eso en una familia de bastantes miembros suele traer complicaciones.

Bien mirado, supongo que no importa si te cuento un poco de qué va la historia. Por una chispitilla no creo que pase nada. Al fin y al cabo, el mundo es muy grande, casi tanto como el secreto de la familia F., y si alguien se propusiera encontrarte ahí, justo donde estás leyendo, puede que le resultara un poco difícil. La gente que lee cambia de sitio constantemente. Los hay que leen en los autobuses, en la cama o sentados en el váter. Otros devoran libros mientras comen, a la vez que ven la tele (es difícil, sí, pero puede conseguirse) e incluso cuando atienden a cosas que se supone que son importantes. Sin embargo, existen pocas personas que se queden sentadas las veinticuatro horas del día leyendo justo en el mismo sitio. Las hay, es cierto, pero dudo que tú seas una de ellas.

De todas maneras, para sentirte a salvo mientras lees esta historia lo mejor es que sigas este consejo: cambia de ubicación cada cierto tiempo. Es más o menos lo que hace la familia F., y precisamente de eso trata su secreto: la familia F. es una familia que vive escondida. ¿De quién? Mejor no revelemos eso todavía. Ya te he dicho que cuantos menos detalles sepas, mejor para ti. Te arriesgas a que también te persigan.

La familia F. (no te diré el apellido, no se te vaya a escapar) es la familia de Lucas y Fiona. Los dos son hermanos y, aunque se llevan muy poco entre sí, entre ellos hay grandes diferencias. Te pondré un ejemplo: si Lucas alguna vez se topara con tres suspensos en su boletín de notas, pensaría que al menos ha aprobado el resto. Fiona, en cambio, se llevaría un berrinche tan terrible que le duraría los tres meses de verano. Así son Lucas y Fiona, tan diferentes y tan peculiares.

Pero empecemos por el principio. La primera vez que la familia F. tuvo que cambiarse de sitio, ninguno tenía muy claro lo que iba a pasar. Todo empezó un día en el que Fiona y Lucas volvieron a casa del colegio y sus padres les anunciaron que tenían que mudarse. Nada más. Ninguna otra explicación.

Entenderás perfectamente la sorpresa. Ni Lucas ni Fiona acababan de creerse lo ocurrido. Pero pronto vieron

que la noticia iba en serio cuando Maya, su hermana mayor, y Ginebra, la abuela, empezaron a cuchichear en el cuarto mientras hacían las maletas.

Normalmente, cuando la abuela y Maya cuchicheaban, Fiona prestaba poca atención. Lucas, ninguna. Sin embargo, aquel día los dos estuvieron muy atentos por si pillaban alguna palabra de la conversación:

—Chchchchch, es increíble, chchchchchc.

—Chchchchch no quieren decir nada chchchch, no lo entiendo, chchchch.

—Chchchchch, ya le dije a tu madre cuando se casó chchchch, pobre hombre, chch.

—Chchchchch... chchchch..., ¿qué es ese ruido?

Lucas y Fiona se retiraron inmediatamente del pasillo. No habían conseguido sacar nada en claro. Y de sobra es sabido que los rumores que vienen de rumores son menos fiables que un billete falso. Aquella misma tarde, los seis se metieron en el coche y pusieron rumbo hacia lo desconocido.

Sabemos que la curiosidad es más grande cuanto más lo es el secreto. Pero es que en este caso no había más información. Lo único que Fiona y Lucas adivinaron por la conversación de sus padres era que tenían un pueblo y una dirección (ambos secretos). Debían llegar allí y esperar instrucciones. Poco más pudieron extraer de Lorenzo y Norma, aparte de que estuvieran callados y molestaran solo lo imprescindible, como parar a hacer pis.

Tras una noche entera de viaje, Fiona y Lucas se desperezaron a la mañana siguiente y descubrieron que el coche ya estaba aparcado.

Habían llegado a su destino. Apenas habían atisbado un resquicio del pueblo a través de las ventanillas, pero parecía bastante prometedor. La abuela Ginebra los espabiló y los llevó hasta el porche de una pequeña casa de madera. También parecía intrigada por lo que fueran a encontrarse.

Cuando Norma abrió la puerta y echó un vistazo al interior casi se muere del susto. En aquella casa había tantas goteras y humedades que podía haber pasado por un colador gigante. Pensó que se trataba de una broma. El problema era que a su alrededor nadie se reía.

Lucas y Fiona permanecieron muy quietos pensando qué decir. Pero es que ninguno estaba acostumbrado a ese tipo de situación: la situación de tener que mudarte de casa porque algo grave ha ocurrido. Algo tan grave que nadie quiere o puede contarte.

Fue en ese momento cuando Fiona reclamó algún tipo de explicación. Hasta entonces todo habían sido excusas, evasivas, respuestas como «ahora no, Fiona» o «voy a cargar el coche». Fiona se dijo que ya había aguantado demasiado. Normalmente los padres están acostumbrados a que los hijos no rechisten cuando las cosas son *por su bien*. Pero en aquel caso, en el que tanto misterio la había obligado a alejarse de su casa, de su colegio y de sus peces de colores, Fiona creía merecer algo más de información. Así que pensó que ya estaba bien, se colocó delante de sus padres y exigió una respuesta cruzándose de brazos:

—Bueno. Se acabó. Ya estoy cansada. Me parece que deberíais explicarnos de qué va todo esto.

Fiona miró al resto de los miembros de su familia. Hasta ese momento, la abuela, Maya y Lucas habían estado observando las humedades del techo, aunque se concentraron de inmediato en el centro de la sala al ver que Fiona había decidido iniciar el interrogatorio. Lorenzo miró a Norma y, para desgracia de Fiona y del resto de sus hijos, los dos se encogieron de hombros.

—Verás, es que... no podemos contaros nada —respondió Lorenzo.

—¿Cómo? —se indignó Fiona.

—Es la verdad. Solo podemos deciros que algo inesperado ha ocurrido, que es secreto y que por ese motivo tenemos que ocultarnos.

El resto de los F., incluida la abuela, se miraron los unos a los otros. Aquel silencio era demasiado incómodo.

Y era urgentísimo que alguien lo rompiera e insistiera en el asunto de extraer información.

—Pero... no lo entiendo, papá —intervino, al fin, Maya—. Tú siempre has dicho que jamás nos mentirías.

—Y no os miento.

—Entonces, ¿por qué no nos cuentas lo que pasa? —insistió Fiona.

—Porque está prohibido.

—¿Prohibido? ¿Por quién?

El timbre de la puerta sonó de un modo desafinadísimo. Como si alguien lo hubiera pinchado con un abrecorchos y su voz estuviera agonizando. Puede que aquella llamada de timbre afónico llegara en el momento más adecuado.

Lorenzo corrió hacia la puerta y, tras mirar concienzudamente por la mirilla (una mirilla llena de mugre, por cierto), abrió con sigilo la hoja de madera y preguntó quién era.

No hubo tiempo para más. La figura que acababa de personarse ante la entrada de la nueva casa de los F. empujó la puerta principal y la abrió de par en par. Cualquiera hubiera esperado que un gigante estuviera a punto de entrar en la casa. Pero no fue así. Se trataba de una chica menuda vestida con un traje gris de corte perfecto y con un rictus tan estirado como su peinado. Lucía un moño atravesado con una especie de palo y, por el modo en el que levantaba su barbilla, no estaba claro que fuera a dar muchas explicaciones. Tras analizar a todos los F. con sus ojos pequeñitos, relajó su rostro y llevó la mano hacia uno de los interruptores de la luz para comprobar su estado.

—Vaya, no funciona. Tendré que apuntar esto en la lista de reparaciones.

La mujer desplegó su carpeta, tiró del palo de su moño y Lucas y Fiona se sorprendieron al ver que se trataba de un boli. La mujer lo empleó para escribir en los papeles que llevaba consigo. Después, una vez que el asunto del interruptor quedó convenientemente anotado, avanzó hasta la mitad de la estancia tras cerrar la puerta.

—Buenos días —saludó—. Soy la Agente Z. La Agencia me ha adjudicado su expediente. ¿Han podido acomodarse?

—¿Cómo? —Lorenzo, que aún estaba noqueado por aquella visita, respondió con un hilo de voz. Al ver su reacción (o más bien la ausencia de ella) la Agente Z se recolocó la chaqueta, resopló y le miró muy seria a los ojos.

—La Agente Z. Su enlace con la AAA. La encargada. Le pregunto si han podido instalarse y si la casa está a su gusto. ¿Han hecho las comprobaciones?

—¿Las comprobaciones?

—Sí, la lista de comprobaciones que hay que hacer en cada nueva vivienda. Es un protocolo muy estricto. ¿No la tienen? Oh, madre mía. No me puedo creer que no se la hayan enviado.

La Agente Z volvió a abrir la carpeta, rebuscó entre las hojas y anotó de nuevo, evidentemente molesta.

—Disculpen el embrollo —añadió—. En general, cuando se abre un nuevo expediente se hacen muchas comprobaciones, pero su caso ha sido tan inesperado que no hemos tenido tiempo de controlarlo todo. Les pido disculpas en nombre de la AAA.

—¿La «AAA»? —preguntó Lucas.

—En efecto, la AAA —respondió la Agente Z—. ¿Aún no sabéis quién os protege?

Fiona, Lucas, Maya y la abuela negaron con la cabeza. Al verlo, la Agente Z puso los ojos en blanco.

—En fin. Qué le vamos a hacer. Para eso estoy yo aquí.

* * *

Lorenzo y Norma se disculparon diciendo que hasta ese momento no habían sabido qué contar y qué no. La situación era tan delicada que no querían meter la pata. La Agente Z los miró sin pestañear y, tras haber escuchado sus argumentos, asintió con la cabeza.

—Bueno, es comprensible —claudicó—. Lo único es que tendré que dar la explicación exprés, ya que voy mal de tiempo. Aún me quedan dos familias por acomodar. Por favor, tomen asiento mientras busco la hoja de exposiciones. ¿Tienen un vaso de agua?

Norma cayó en la cuenta de que aún no habían abierto un grifo desde que habían llegado a la casa. Acompañó a la Agente Z a buscar la llave de paso mientras el resto de los F. se sentaban en la mesa del comedor, ansiosos por saber más.

—Bien —carraspeó la Agente Z una vez que Norma le dio un poco de zumo del viaje, ya que el agua del grifo salía marrón—. Necesito que estéis muy atentos, pues de todo esto depende vuestra protección. Es primordial que entendáis que el trabajo de la AAA es muy importante.

Fiona iba a preguntar otra vez por la dichosa AAA, pero la Agente Z se adelantó a cualquier comentario. Ya estaba dispuesta para empezar la exposición:

—La AAA, la Agencia de Asuntos Anónimos, es la entidad designada para protegerles.

La Agente Z acababa de colocar su boli en el centro de la mesa y un haz de luz proyectó una presentación en la pared del salón con el logo de la AAA encabezando las imágenes.

La agente chascó los dedos para avanzar de página.

—Nuestra agencia se encarga de prestarles los servicios necesarios: protección, alojamiento, manutención y todo lo que pueda necesitar cualquier familia acogida por nuestro programa.

Fiona levantó la mano, ansiosa.

AGENCIA DE
ASUNTOS
ANÓNIMOS
INFORME PRELIMINAR
NIVEL DE AMENAZA: ALTO
NÚMERO DE MIEMBROS: 5+1
AGENTE ASIGNADO: Z

—¿Sí, Fiona?

—A ver, todo esto está muy bien, pero yo quiero saber…

—… quieres saber por qué estás aquí —le cortó la Agente Z—. Sí. Llegaremos a eso más adelante. De momento continuaremos con la presentación. Por favor, no interrumpas.

La Agente Z chascó los dedos de nuevo y la imagen cambió sobre la pared.

—Decía que la AAA proporciona todo lo necesario para que sus vidas avancen del mejor modo posible. No solo un entorno seguro, sino también, y esto es lo más importante, nuevas identidades.

—¡¿Nuevas identidades?! —exclamó Lucas—. ¡Qué guay!

Al ver que la Agente Z le lanzaba una mirada furibunda, Lucas se tapó la boca con las manos. Fiona, en cambio, no estaba tan emocionada. Si aquel juego se debía a una inocentada, sus padres se estaban pasando de la raya.

—Como iba diciendo… —continuó la Agente Z—, en cada caso nos ocupamos de facilitarles unas nuevas identidades que les ayuden a pasar desapercibidos. Es fundamental que empiecen desde ahora a estudiarlas y memorizarlas, ya que las carpetas desaparecerán al cabo de unas horas.

—¡¿Se autodestruyen?! —preguntó Lucas de nuevo.

—¡No! —La mujer elevó las cejas tras aquella pregunta tan estrambótica—. Debéis quemarlas en la chimenea.

La Agente Z abrió de nuevo su archivador y extrajo cinco carpetas que repartió entre los miembros de la familia F. En la portada de cada ficha se leía el nombre de cada uno de los F. acompañado de su foto.

—Deben entender que la discreción es fundamental —insistió la Agente Z—. Sus vidas dependen de ello. Mandíbula está al acecho.

Fiona sabía que no debía interrumpir de nuevo, pero los agujeros de su nariz se abrían tanto que la Agente Z decidió atender sus dudas.

—Mandíbula es la organización maligna que persigue a vuestro padre —explicó—. Lorenzo está en una situación muy comprometida y lo mejor para él y para vosotros es que permanezcáis ocultos hasta que el asunto se aclare.

—Si es que llega a aclararse... —apuntó Norma con un murmullo.

—Papá, ¿qué has hecho? —preguntó Maya.

—¡¿Has matado a alguien?! —exclamó la abuela.

—Qué fuerte —exclamó Lucas—. ¿Cómo lo hiciste? ¿Le disparaste? Cuéntanos la verdad.

—Vuestro padre no ha hecho nada malo. —La Agente Z clavó los ojos en Lucas y su imaginación—. Lorenzo no tiene culpa de nada. Digamos que tuvo la mala suerte de estar en el momento y en el lugar equivocados.

—Sí, ¿pero en qué lugar y en qué momento? —insistió Fiona—. ¿Qué es lo que pasó?

—Lo mejor para vosotros es que no sepáis más —zanjó la Agente Z al ver que la curiosidad de Fiona no tenía freno—. Debéis entenderlo. Cuantos más datos conozcáis más grande será el peligro. Corréis el riesgo de contárselo a alguien y entonces todo se desbaratará. No sé si sois conscientes, pero el que permanezcáis seguros aquí requiere muchísimo trabajo.

—¡Pero nosotros no vamos a decirlo! —exclamó Fiona mirando alrededor para sentirse apoyada—. ¡Prometemos no contar nada!

—Querida..., a veces la información se revela sin que una sepa que lo ha hecho —respondió la Agente Z—. ¿Acaso no sabes que el mejor modo de guardar un secreto es no contarlo a nadie? Cualquier resquicio, cualquier grieta puede ser el inicio de un derrumbe. Lo mejor es no arriesgarse.

Fiona se quedó muy decepcionada con esa respuesta. Aquella desconocida se creía con el derecho de decidir sobre sus vidas. Algo que le pareció muy injusto. ¡Ni siquiera era parte de su familia! Al menos confiaba en que el contenido de su carpeta fuera agradable.

—Pasemos a repasar las identidades —sugirió la Agente Z consciente de lo que sucedía en la cabeza de Fiona—. He conseguido dos empleos, una plaza de instituto y dos en el colegio. No he podido encontrarle un puesto, señora Ginebra, pero hay muchas actividades en el centro de cultura entre las que podrá elegir la que mejor prefiera.

La Agente Z rozó su moño para asegurarse de que ningún cabello se escapaba del peinado. Fiona pensó que debía de haber madrugado muchísimo para haber llegado hasta allí tan arreglada y a tiempo. Seguro que estaba cansada.

—Tengan en cuenta que poner en marcha su expediente no ha sido fácil, dada la urgencia —continuó, por su parte, la Agente Z—, así que espero que sean comprensivos. Comenzaremos por Lorenzo. A partir de mañana será jardinero en la unidad de medio ambiente del pueblo.

Todos abrieron mucho los ojos excepto Lorenzo, que los guiñó para leer lo que ponía en su ficha. La Agente Z continuó:

—Al principio solo realizará tareas sencillas: limpiar hojas, regar... No importa que no sepa jardinería. Verá cómo le gusta. Además, piense que la primavera está al caer.

Lorenzo ladeó la cabeza y asintió conforme. Un empleo a la luz del día contrastaba bastante con su trabajo anterior. Así que sonrió, satisfecho. Después la Agente Z se dirigió a Norma.

—En su caso ha sido un poco más complicado. Sé que su perfil encajaba mejor con otro tipo de trabajo. Pero entienda que en un pueblo tan pequeño...

Parecía que la Agente Z se disculpaba incluso antes de haber explicado nada. Norma decidió abrir la carpeta cuanto antes y, al ver el contenido, su rostro se desencajó.

—¡¿Una tintorería?!

—Así es. —La Agente Z chascó la lengua—. Sé que puede resultar poco estimulante. Pero ya valoraremos un cambio en el futuro. Piense que a veces los trabajos mecánicos son mejores: suelen ser más tranquilos.

—¡¿Más tranquilos?! —protestó Norma—. ¡Lo que son es un muermo! Yo necesito acción, adrenalina, ¡objetivos!

Lorenzo apoyó la mano sobre el antebrazo de Norma.

—Cariño, tal vez te venga bien descansar un poco. Estos últimos meses has estado muy estresada.

Norma no estaba dispuesta a claudicar.

—Ah, muy bien. Perfecto —respondió—. Si eso es lo que piensas, ¡cámbiame el trabajo! Yo corto arbolitos y tú lavas ropa. ¿Te gustaría?

La Agente Z se llevó los dedos al puente de las gafas y suspiró en un intento de guardar la calma. Sabía que aquellas cosas podían pasar. Se lo habían advertido en la academia un montón de veces, y ahora, que el caso era real, se encontraba de golpe con todos aquellos

inconvenientes. Decidió aplicar los argumentos que les habían hecho memorizar de corrido cuando estudiaron el manual.

—Las identidades están personalizadas y es imposible cambiarlas —explicó—. Un grupo de expertos trabaja concienzudamente para que así sea. Analizan su perfil y el entorno de cada empleo para que todo encaje lo mejor posible. Confíen, por favor.

Norma torció el morro y cerró la carpeta con indignación. Llegaba el turno de Maya y Lucas.

—En vuestro caso, el perfil es bastante corriente —explicó la Agente Z—. Ir a clase, hacer amistades, relacionaros de manera normal... Eso sí, nada de explicaciones muy detalladas de vuestro origen ni del motivo de la mudanza.

—No podríamos aunque quisiéramos —reprochó Maya.

La Agente Z captó la protesta de la chica, pero prefirió seguir adelante como si no la hubiera escuchado.

—Lo mejor es aparentar normalidad —continuó—. Decir cosas sencillas, como que la familia necesitaba un cambio de aires.

—¿Y qué hay de mí? —preguntó Fiona, un poco indignada por no haber sido incluida en el grupo de sus hermanos.

—Contigo la cosa cambia un poco —resopló la Agente Z.

Fiona lo vio venir. Era la misma cara que la Agente Z había puesto con su madre. Esa señora sería muy experta, pero estaba claro que no sabía disimular sus gestos en absoluto.

—En general tienes que hacer lo mismo que tus hermanos. Ir a clase, relacionarte... Aunque hay una pequeña excepción. Debido a tu franja de edad, los alumnos de tu curso han de asistir a unas clases extraescolares en las que participan todos los niños del pueblo. Todos. Sin excepción.

—¿Qué tipo de clases? —preguntó Fiona desafiante.

La Agente Z se colocó detrás de Fiona y abrió su carpeta, ya que ella aún no se había atrevido a hacerlo.

—Se trata de la Hermandad de Niños Laboriosos. Es una institución muy antigua que lleva encargándose del bienestar del pueblo durante años. Hacen tareas de conservación y recaudan fondos para la comunidad.

—¡Anda, qué bonito! —exclamó la abuela—. Seguro que haces muchísimos amigos.

—Sí, claro —asintió la Agente Z—. Lo único es que la temática de las colaboraciones es un poco... tradicional. Simplemente quiero advertir a Fiona de que no debe llamar la atención.

Fiona echó un vistazo a la documentación. Los folletos de la Hermandad de Niños Laboriosos no dejaban lugar a dudas: coser, tejer, bordar..., precisamente el tipo de cosas que odiaba y que se le daban tan mal.

—¡Pero yo no quiero ir a clase de punto! —protestó mirando a sus padres—. ¡Eso no me gusta! ¿Por qué tengo que hacerle caso?

—Porque en tus manos está la protección de toda tu familia —la Agente Z habló muy seria—. A veces tenemos que conformarnos. Debes hacer un esfuerzo por amoldarte.

Fiona se cruzó de brazos. Aquel plan de escape le estaba pareciendo una auténtica basura. ¡No había derecho! Sus hermanos tenían un perfil mucho más cómodo que ella. Aquello, sin duda, era discriminación.

La Agente Z resopló y cerró su propia carpeta. Rescató el boli de la mesa, lo desconectó y volvió a pincharlo en el moño.

Al ver que las explicaciones estaban terminándose, Norma tomó el testigo de las protestas, aunque procuró ser algo más suave. No había que olvidar que la Agente Z estaba allí para ayudarlos.

—Esta casa necesita muchas reparaciones —expuso—. Nosotros podremos encargarnos de las cosas básicas, pero hace falta que alguien revise lo serio.

—Sí. Está todo anotado —respondió la Agente Z—. Mandaremos a alguien lo antes posible para que se encargue de la fontanería y del resto de arreglos. Mientras tanto procuren apañarse.

Norma asintió intentando disimular su disgusto. No ganaba nada gritando a la única persona dispuesta a echarles una mano.

La Agente Z asintió al ver que todo estaba explicado. Empuñó la carpeta con aplomo no sin antes extraer de su bolso un último objeto.

—Es la llamada de auxilio —explicó a Lorenzo—. Si en algún momento tiene la certeza de que Mandíbula le ha localizado, pulse aquí y nosotros nos ocuparemos.

Lorenzo observó el aparato que la Agente Z acababa de entregarle. Se trataba de un reloj corriente, aunque su pantalla era completamente negra. La Agente Z indicó cómo colocar la yema del dedo en el cristal para que el mecanismo quedara activado.

—Es fundamental que entienda que solo debe pulsarlo en situaciones extremas —advirtió la Agente Z—. Si mantiene el dedo aquí durante cinco segundos, pondremos en marcha el código rojo, esto se llenará de agentes y las identidades, así como su tapadera, se irán al traste. Así que no lo olvide: púlselo solo en caso de vida o muerte.

—¿Y nosotros no tenemos reloj? —preguntó Lucas, fascinado por el nuevo cacharro.

—De ninguna manera —respondió la Agente Z—. Es un prototipo muy costoso y no hay que olvidar que el perseguido es vuestro padre.

Todos sintieron cierto malestar al oír esas palabras. Por mucho despliegue tecnológico que tuvieran, no había que olvidar que estaban inmersos en una situación difícil. Tanto como para tener que esconderse.

—Ya verán cómo la adaptación es cuestión de días —añadió la Agente Z, ya en la puerta—. Al principio todo es extraño, pero pronto se acostumbrarán. Eso sí. Recuerden lo que les he dicho: mantengan una vida discreta. No deben llamar la atención.

Lorenzo aseguró que así lo harían y el resto de los F. asintieron a la vez que él. La Agente Z se quedó conforme y bajó los peldaños de la entrada en dirección a su vehículo.

Mientras la veía marchar, Fiona comprendió que si quería enterarse de lo que sucedía con su padre tendría que averiguarlo por sí misma. Estaba claro que no le quedaba otra opción y que tendría que maquinar un plan. Aunque meditó todo eso en silencio, claro. Disimuló agitando la mano para que nadie se enterara de que su cabeza pensaba todas esas cosas.

La Agente Z, por su parte, aguardó a que el último de los F. cerrara la puerta antes de introducirse en su coche.

Tras hacer todas las comprobaciones y asegurarse de que la acera estaba libre de peligro, lanzó el archivador sobre el asiento trasero y revisó el aspecto de su moño en el espejo retrovisor. Después liberó un suspiro. Se sentía aliviada por haber sobrevivido a la primera familia del día. El caso de Lorenzo era bastante enrevesado. Se trataba de un nivel 5, una catalogación que englobaba los expedientes más peligrosos. Era todo un reto profesional y se dijo a sí misma que estaría a la altura. Quién iba a decirlo: su primer día en la AAA estaba saliendo mejor de lo que habría pensado.

CAPÍTULO 2

—¡¿Pero en manos de quién estamos?!

Maya había esperado a que su madre cerrara la puerta antes de lanzar la primera protesta. La Agente Z les había transmitido una imagen impecable. No podían tener dudas de sus buenas intenciones. El problema era que el resto de las gestiones no parecían solucionadas en absoluto.

—Debemos confiar en ellos —medió Lorenzo—. Es la mejor opción que tenemos por el momento.

—Por el momento lo que deberías es poner una reclamación —insistió Maya—. Mira qué casa nos han dado. Menudo estercolero.

Un murmullo se adueñó del recién inaugurado salón de los F. Ninguno de sus miembros tenía claro que el plan funcionara, que les gustaran sus identidades o que fueran a recibir un reloj tan chulo como el que la Agente Z

le había dado a Lorenzo (era evidente que cada uno tenía sus prioridades).

Supongo que llegados a este punto has podido ver que yo no exageraba. Cuando te intentaba explicar el panorama, al principio de esta historia, te dije que el asunto era serio. Que no había lugar para bromas. Y ya ves: has podido comprobarlo. Tampoco yo quería contar más de lo que te había explicado, ojo. Pero a veces los protagonistas son incontrolables. Luchan por expresarse.

Pero volvamos adonde lo habíamos dejado. Cuando Maya expresó lo que todos estaban pensando, hubo una nube de dudas que empezó a crecer y se hizo gigante a medida que cada uno de los F. fue hablando. Cuando uno está asustado a veces tiene menos miedo si ve que a su lado hay gente que se siente igual. Y eso fue precisamente lo que les pasó a los F. La nube pronto perdió fuerza, se disipó y todos se sintieron un poco mejor. Tras unos minutos de duda se dieron cuenta de que los problemas de la casa no iban a arreglarse solos.

—Vayamos por partes —sugirió Norma mirando hacia arriba—. Lo primero es reparar ese tejado. Como llueva esta noche, os aseguro que nos enteraremos.

—Podemos echar un vistazo en el garaje —sugirió Lucas—. Lo mismo allí tienen herramientas.

Así lo hicieron. Norma y Lucas pusieron en marcha el batallón de bricolaje mientras el resto de los F. se encargaban de revisar los recovecos de la casa (que tampoco eran muchos). Fiona descubrió un cuarto con dos camas y una ventana que miraba hacia la calle. Decidió unilateralmente que sería el suyo. Prefería un dormitorio desde el que pudiera vigilar lo que pasaba en el exterior, por si alguien extraño merodeaba.

Fiona se había quedado muy preocupada por los dichosos Mandíbula. Era la primera vez que había oído hablar de ellos. Y se dijo que a partir de ese momento permanecería muy alerta ante cualquier comentario relacionado con el asunto.

Maya, por su parte, encontró una vieja radio en la que dijeron que el tiempo de aquella noche daría un cielo estrellado. Norma se sintió aliviada al saber que no habría tormenta, así que decidió que el tema de las goteras no era tan urgente.

—Si nos dejarais llevar móvil lo habríamos sabido enseguida —protestó Lucas.

—Eh, un momento —replicó la abuela—. Ni Maya ni yo tenemos móvil. No veo por qué vas a tenerlo tú.

Ginebra y Maya se miraron con complicidad. A ninguna de las dos le había gustado dejar su precioso móvil último modelo sobre la encimera de la cocina cuando salieron huyendo.

—Pues me parece injustísimo —apuntilló Lucas—. Vivimos al margen de la tecnología. Todo esto es un atraso.

Lorenzo volvió a explicarles que la Agencia prohibía terminantemente cualquier aparato que tuviera algo similar a un GPS. Y mucho menos acceder a las redes sociales. Cualquier fotografía, cualquier dato inocente podía ser una pista vital para que Mandíbula pudiera encontrarlos.

Fiona escuchó todo en silencio. Estaba cada vez más intrigada con la dichosa organización secreta. Es muy difícil tener miedo de algo cuando ni siquiera sabes a quién has de temer. Pero prefirió callarse y almacenar en su cabeza todos los datos que iba recopilando.

Aquella noche, cada uno de los F. se metió en la cama preguntándose cómo sería el día siguiente. Norma dudó de si finalmente llovería. Ginebra, de si en aquel pueblo habría algo interesante que hacer. Maya deseó que hubiera una buena biblioteca y Lucas ideó varias excusas para que su padre le enseñara bien el reloj. Fiona se dijo que haría lo que pudiera con la costura y con los extraños y Lorenzo se preguntó si la AAA lograría proteger a su familia. Cada uno tenía su propia nube, justo encima de su cabeza. Aunque ninguno se atrevió a decírselo al de al lado. No siempre se reúne el mismo valor para compartir las preocupaciones.

* * *

A la mañana siguiente, Fiona levantó un párpado al oír el tintineo de los cubiertos desde la planta de abajo. El olor a desayuno la había despertado, así que dirigió su ojo, el único abierto, hacia el otro lado del cuarto. La cama de Lucas ya estaba hecha y su ropa había desaparecido de la silla. No quedaba ni rastro. A Fiona le pareció increíble que su hermano se hubiera despertado tan pronto sin avisarla. Era evidente que había decidido empezar el día mucho antes que ella.

Como las tripas le rugían, Fiona abrió su segundo ojo dispuesta a levantarse cuanto antes. Se dirigió al armario y lo abrió de par en par. Pero cuando lo hizo descubrió que algo no encajaba: sus camisetas y sus pantalones, aquellos que había colocado en el estante la tarde anterior, habían desaparecido. En su lugar alguien había colgado una ristra de vestidos llenos de lazos, a cuál más clásico.

Aquello debía de tratarse de un error. Tal vez su madre o su padre hubieran cambiado todo de sitio. O puede que

Lucas o Maya estuvieran gastándole una broma. Fiona sabía que era posible, aunque poco probable, así que rebuscó en el resto de los muebles del cuarto decidida a resolver el misterio. Abrió cómodas y volteó cajones, pero allí no quedaba ni rastro de sus cosas. ¿Qué significaba todo eso? ¿Sería culpa de la dichosa agencia? La Agente Z parecía muy competente, pero aquello tenía pinta de ser una absoluta traición. Esperaba que tan solo fuera un malentendido. Aunque algo en su interior le decía que no.

Fiona apretó los puños tan fuerte que notó cómo se le clavaban las uñas. Si volvía a encontrarse a la Agente Z en algún momento (y Fiona deseaba que fuera cuanto antes), aquella señora iba a oírla pero bien. No había derecho. Aquello era una invasión de la intimidad.

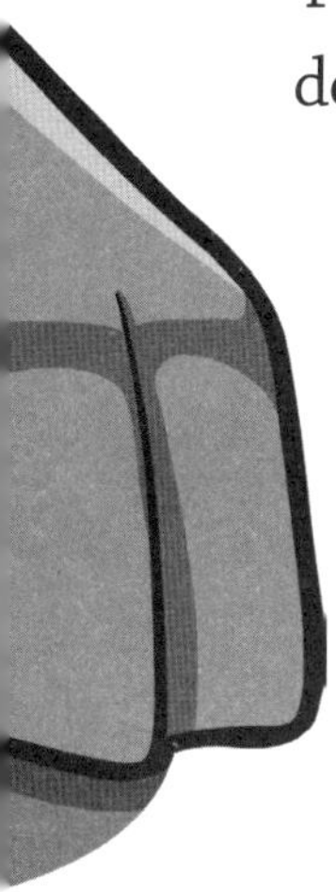

Fiona bajó la escalera para reclamar cuanto antes la devolución de sus objetos personales. Cuando llegó al salón, se topó con que la traición alcanzaba dimensiones aún peores. Todos habían bajado a desayunar ataviados con sus nuevas vestimentas, a cuál más ridícula. Su padre lucía un traje de jardinero tan estrecho que parecía que fuera a estallar. Lucas sostenía su monopatín ante una camisa cosida como hacía cientos de años y Maya y su madre desayunaban embutidas en dos vestidos de corte tan clásico que también parecían sacados de un museo. Aquella familia que parecía vestida como para rodar una película antigua no podía tratarse de la suya.

La única que mantenía la dignidad era la abuela Ginebra, que en aquellos momentos desayunaba envuelta en su bata escocesa sin mostrar la mínima intención de salir de casa.

Fiona no pudo contener su indignación:

—¡¿Dónde están nuestras cosas?! —chilló con verdadera angustia—. Han desaparecido del armario. ¡Tienen que devolvérnoslas!

—Es cosa de la Agencia… —respondió Lorenzo—. La AAA ha retirado nuestra ropa porque al parecer no encaja bien con el pueblo ni con nuestras nuevas identidades. Tenemos que conformarnos con lo que nos han dejado.

—¿Conformarnos? —insistió Fiona—. ¡No pienso ponerme esos vestidos llenos de lazos! ¡Nunca! ¡Jamás!

—Muy bien —respondió Norma—. Si eso es lo que quieres… Tú eliges cómo irás vestida el primer día de clase. Tienes dos opciones: o el vestido o el pijama.

—¡Hala! —apuntó Lucas—. ¡¿Podemos ir en pijama?!

Fiona respondió que si esa era la única posibilidad a lo mejor se quedaba en casa. Pero Norma dejó claro que a lo mejor de ninguna manera. Que a lo mejor faltar a clase no era una opción en absoluto. El colegio esperaba con ilusión a los dos alumnos nuevos y ella debía mantener su parte de la coartada. Era su responsabilidad.

Fiona bufó como un gato recién mojado y se sentó en la banqueta del desayuno decidida a no probar alimento. Pronto entendió que tenía mucha hambre y que las tostadas que había preparado Lorenzo tenían una pinta estupenda. Así que supuso que no le quedaba más remedio que hacer caso. Se sirvió una de las tostadas y la mordió con furia mientras digería su desgracia en silencio.

—La verdad es que el estilista se ha lucido… —rio Maya al ver el aspecto de Fiona tras desayunar y ponerse el dichoso vestido—. Qué cosa más fea.

Las dos se hallaban ante el espejo, listas para ir a clase.

—¿Y el tuyo qué? —preguntó Fiona, sin dejarse amedrentar.

—El mío es peor.

Fiona tuvo que reconocer que era cierto. Casi prefería su vestido de lazos al de volantes de Maya. La imagen que devolvía el espejo era la de dos chicas sacadas del póster de una peli de terror.

—Intentaremos comprar algo más adecuado —intervino Norma con hartazgo—. De momento habrá que vestirse con algo.

La abuela Ginebra, que había permanecido callada hasta ese instante, se sirvió una segunda taza de café y carraspeó. Se puso las gafas y desplegó uno de los mapas del pueblo que la Agente Z había dejado en la entrada.

—Aprovecharé la mañana para investigar la zona —intervino mirando a Fiona por encima de las lentes—. Creo que todos estamos de acuerdo en que localizar una tienda de ropa es casi tan prioritario como arreglar las goteras.

Fiona suspiró y deseó que así fuera. Sabía que, en las situaciones complicadas, la abuela era la persona más resuelta del planeta.

* * *

Norma ya sabía que cuando Fiona descubriera aquella ropa tan horrible se negaría a salir de casa durante una semana como mínimo. Por fortuna no había sido así. La niña había accedido a vestirse y conformarse con ir a clase. Así que al menos la mañana había supuesto un avance. Aquel cambio de vida estaba resultando muy complicado para todos, pero Norma sabía que con Fiona

el asunto iba a ir especialmente mal. Confiaba en que supiera adaptarse.

Cuando Maya, Lucas y Fiona marcharon hacia clase, Norma se dijo que era el momento de concentrarse en su propia mañana. No debemos olvidar que los padres se ponen igual de nerviosos que cualquiera, en especial si es su primer día de trabajo. Aunque como también intentan que se les note lo menos posible (y suele llevar bastantes años de práctica) normalmente nadie se da cuenta.

Norma estaba segura de que iba a aburrirse como una ostra en la tintorería. Había pocas cosas que odiara más que lavar ropa, pero decidió salir de casa con la sonrisa puesta y dar la mejor impresión a sus jefes.

El local quedaba a diez minutos andando, en el centro del pueblo, así que se colgó el bolso al hombro (un saco de mimbre horroroso) y salió con tiempo suficiente para no llegar tarde.

Cuando traspasó el umbral de la puerta de la tintorería, una campanilla tintineó anunciando su llegada. Sin embargo, en el interior del local no sucedió nada. El mostrador estaba desierto. No había nadie esperándola. Aquel lugar estaba tan muerto como las calles de ese dichoso pueblo.

Norma echó un vistazo al establecimiento. Las paredes estaban pintadas de un verde rancio, tal vez el mismo de hacía veinte años. La lista de precios colgaba de una chincheta con las cifras tachadas y actualizadas con tinta roja, mientras que las perchas de la ropa apenas soportaban dos o tres chaquetas.

Si aquel negocio aún no se había declarado ruinoso tal vez era porque estaba a punto de hacerlo. Seguro que en unas semanas volvería a estar sin trabajo. Menudo acierto el de la AAA.

Tras un par de minutos aguardando junto a la puerta, el reloj de la pared marcó las diez en punto y, acto seguido, una cabecilla asomó tras la cortina de detrás del mostrador. Se trataba de un hombrecillo encorvado, ataviado con una chaqueta demasiado grande, que intentó identificar a la desconocida guiñando los ojos.

—Buenos días —Norma se presentó, aliviada de que, al fin, alguien saliera a recibirla—. Soy Norma*, la nueva empleada. ¿Les han avisado de que llegaba?

(*Llegados a este punto he de explicaros que el nombre que Norma dijo no fue exactamente el suyo. Ya os he contado que la Agente Z había repartido unas carpetas con las identidades falsas de los F. [algo que también implicaba nuevos nombres]. Sé que aprenderte cada personaje al empezar un libro es un poco lioso, y que si tuvieras que memorizar también los nombres falsos me mandarías a la porra. Así que mejor no complicarnos. Me referiré a cada uno de los F. con sus nombres originales. Aunque he de confesarte que también es un modo de proteger los métodos de la AAA y sus nombres secretos. Nunca se sabe. A veces las identidades falsas pueden ser reciclables para otros protegidos).

El caso es que Norma se presentó con su nombre ficticio anunciando que era la nueva empleada y el dueño de la tintorería tardó unos cuantos segundos en entender lo que le estaba diciendo. Era como si el cerebro de aquel hombre tuviera dentro unas ruedas dentadas, esas de los relojes antiguos, y alguien se hubiera descuidado al engrasarlas. El señor necesitó un buen rato para procesar las palabras, analizarlas y entender lo que acababan de explicarle. Hasta que, por fin, elevó las cejas y comprendió que Norma llevaba razón, que había llegado allí para echarles una mano.

—¡Lo había olvidado! —exclamó, al fin—. Sí, es cierto. Una señora con un moño muy elegante me convenció de que usted sería un buen fichaje. Me dijo que en su agencia de colocación se encargarían de todo. La mandan de allí, ¿verdad?

Norma asintió con la cabeza para no dar más explicaciones de las necesarias. Era evidente que la Agente Z había dejado el terreno bien allanado.

—Yo ya le dije que aquí nos apañamos solos —insistió el hombre—. Pero bueno, por probar...

El hombre le dijo a Norma su apellido, que resultó ser señor Bodel, y que casi seguro que era real, ya que en su caso no había ninguna necesidad de nombres falsos. El

señor Bodel salió de detrás del mostrador, estrechó la mano de Norma y la acompañó hasta la zona de recepción para explicarle todo el proceso de la tintorería.

—Normalmente no tenemos mucho trabajo —se disculpó—. La gente de aquí no se mancha mucho. De todas formas, en el caso improbable de que alguien venga, solo debes recoger la ropa, dar este tique al cliente y colocar todo en esta percha. Es la de las prendas sucias. La dejamos ahí hasta el día de limpieza.

—¿El día de la limpieza? —preguntó Norma asombrada—. ¿No limpian los encargos cada día?

—¡Oh, no! —exclamó el señor, sorprendido—. ¿Sabes el trabajo que daría eso? Hasta que no hay como mínimo diez prendas en la percha, no nos merece la pena sacar todos los trastos.

—¿No «nos» merece la pena? —Norma pestañeó—. ¿Trabaja alguien más con usted?

—Claro que sí —afirmó el señor Bodel—. Mi sobrino. Echa horas extra aquí. Si no, todo esto sería un aburrimiento, ¡imagínate!

Norma cada vez estaba más escandalizada. Tres empleados para una tintorería que apenas recibía trajes era

un modelo de productividad desastrosa. Un ejemplo de mala praxis para cualquier agente de marketing. Se dio cuenta de que la sonrisa que había traído de casa hacía tiempo que se había desdibujado. Pensó en los pobres clientes. En la mala imagen que esa tintorería estaba proyectando.

—¿Y la gente no protesta? —preguntó—. Si tienen que esperar tanto para recuperar sus prendas...

—Si protestan que se aguanten —zanjó el señor Bodel—. Somos la única tintorería en kilómetros y kilómetros. No les queda otra que esperarse.

El hombre regresó a su taburete y encendió el televisor con el mando a distancia. Norma se dirigió a la zona de lavado y se sentó frente a una de las máquinas. Estaba escandalizada. Comprendía que el volumen de trabajo de aquella tienda no fuera muy alto, pero eso no era excusa para dar un mal trato al cliente. Tal vez la edad del señor Bodel le hacía trabajar lento. Pero no sabía qué sería de ella teniendo que pasar mano sobre mano cada una de las jornadas.

CAPÍTULO 3

Creo que lo mejor es que dejemos a la pobre Norma sentada delante de la lavadora y nos concentremos en lo que sucedió a partir de entonces, pero en otro punto del pueblo. Ya te he contado que, mientras Norma se preparaba para marchar hacia la tintorería, Maya, Lucas y Fiona iniciaban el camino hacia sus clases. El colegio y el instituto estaban prácticamente uno al lado del otro, así que los tres hermanos fueron juntos la mayor parte del trayecto.

La Agente Z les había advertido algo que Lorenzo se encargó de recordarles más tarde: no debían mantener conversaciones peligrosas por la calle (y por *peligrosas* entendemos conversaciones privadas y secretas). Era *peligroso* llamarse por sus nombres reales en lugar de los ficticios. Como *peligroso* era también hablar de su pasado o de cualquier dato real que pudiera identificarlos. Pero, sobre todo, lo más peligroso, por encima de todas esas cosas, era cruzarse con gente desconocida que pudiera detectar pedazos de frases que se supone que nadie debía oír.

Supongo que lo entiendes. A todos nos ha pasado. En el autobús, en la cafetería, en el parque... la gente a veces cuenta cosas demasiado interesantes. Y en muchas ocasiones una no puede apartar la oreja y se entera de todo con pelos y señales.

Por eso, y para evitar ese tipo de filtraciones, Lorenzo opinaba que lo mejor era permanecer en silencio por la calle o, al menos, limitarse a hablar del tiempo.

Como sabes, tanto Maya como Fiona estaban horrorizadas con los atuendos que les había suministrado la AAA. No podían creer cómo una agencia que presumía de ser tan eficiente podía haber metido tanto la pata. Pero no pudieron comentar mucho entre ellas. Criticar a la AAA por la calle estaba terminantemente prohibido. Entraba dentro del grupo de cosas *peligrosas*. Así que, en lugar de eso, Lucas inició una encuesta sobre qué preferirían si les dieran a elegir: desayunar pizza o cenar cereales.

Lucas solía hacerse ese tipo de preguntas algunas veces y, en general, le daba bastante igual que el resto del mundo las viera absurdas. Las curiosidades le asaltaban la cabeza como si fueran proyectiles (unas veces por separado y, en otras ocasiones, todas a la vez). Como la tarde anterior, cuando vio cómo el empleado de la AAA llegaba con su furgoneta, se llevaba todos los objetos personales y los sustituía por esa ropa tan antigua. El empleado les había visitado por la tarde, justo cuando Ginebra y Fiona estaban inspeccionando el barrio.

Mientras le observaba, en mitad de su faena, Lucas había empezado a hacerse el cuestionario. Se preguntó si aquel hombre preferiría comer dulce o salado, si sería más de perro o quizá más de gato. O incluso si el ambientador de su furgoneta sería de pino o de limón. Al ver lo bien que había aparcado y lo meticuloso que era al doblar la ropa, Lucas se decantó por el aroma a pino (más corriente y de mayor eficiencia), los gatos (más aseados que los perros) y, sin lugar a dudas, la comida salada (todos sabemos que el dulce es lo peor para la salud). Habría apostado por ello casi al ochenta por ciento.

Mientras Lucas estaba inmerso en su abanico de cavilaciones, Maya se dedicó a pensar en la persona

encargada de elegir el vestuario y aquella casa. Tal vez su objetivo era trabajar mal aposta. Puede que para vengarse de alguien. Lo que estaba claro es que para aquellas humedades del techo no había excusa posible.

Fiona, por su parte, seguía muy enfurruñada. Bastante tenía con superar el primer día de clase como para tener que hacerlo vestida con aquellas fachas. Sin embargo, a medida que los tres se fueron acercando a la zona escolar, empezó a sospechar que ahí pasaba algo raro.

Apenas pudo percibirlo desde fuera, ya que todo el mundo llevaba el abrigo puesto, pero, cuando Fiona se despidió de sus hermanos y entró en la clase que le correspondía, descubrió, con sorpresa, que todos los niños del aula llevaban ropas muy parecidas a la suya. Las niñas lucían vestidos recargados de puntillas, lazos y volantes, mientras que los niños tenían unas camisas de lino horribles. Fiona se dijo que, si la gente de aquel pueblo iba así vestida, estaba claro que eran ellos los que tenían un serio problema.

Había que reconocer que el atuendo de Fiona encajaba en aquel entorno como un guante hecho a medida.

En resumen: la AAA había dado en el clavo. Quién iba a decirlo. Resultaba que el responsable de vestuario había hecho muy bien su trabajo.

La profesora llegó para iniciar las clases y presentar a Fiona. Y todos los niños se giraron hacia ella, la nueva alumna misteriosa.

* * *

La verdad es que aquel primer día transcurrió mejor de lo que Fiona había imaginado. La profesora Cecilia parecía bastante afable e incluso le había explicado por dónde iban en cada una de las materias. Así ella podría adaptarse.

La última clase ya estaba terminando y Fiona casi había marcado el día como válido. Le gustaba tachar los días con una marca entre *día estrella* o *día basura* dependiendo del resultado. Aquel día tenía toda la pinta de ser marcado como *día bastante bueno*, sobre todo teniendo en cuenta lo poco que había esperado de él. Sin embargo, aún faltaba una cosa. Un detalle que tiraría por tierra el valor de la jornada en el calendario.

La profesora Cecilia ya estaba terminando la clase cuando alguien abrió la puerta para tomar el relevo de los alumnos. Aún era pronto para marchar a casa. Todavía no habían terminado los ejercicios, así que Fiona se extrañó de esa intrusión.

—Buenas tardes —anunció la recién llegada—. Queridos niños, hoy tenemos un poco de prisa. Terminad cuanto antes.

Aquella mujer parecía tratarse de una autoridad, pues la profesora Cecilia actuaba con mucho ceremonial. Cecilia se aproximó a ella y ambas se plantaron delante de la mesa de Fiona.

—Hola, querida —dijo la profesora—. Quiero presentarte a Laura, jefa de la Hermandad de Niños Laboriosos. Es la asociación benéfica del pueblo y tu curso colabora con ellos.

Fiona levantó el rostro del cuaderno y observó a aquella señora rubia que tenía el pelo tan cardado como el de un león. Llevaba un collar de perlas que brillaba con la misma intensidad que sus dientes y Fiona pensó que ambas ristras parecían dos copias exactas del mismo molde. Y que podrían haber sido intercambiables.

—Oh, llevabas razón, Cecilia. Es una monada. —Laura cuchicheó con la otra de manera muy descarada. Es decir, sin apartar la vista de Fiona—. Seguro que nos va fenomenal.

Fiona pensó que aquella señora con olor a laca exageraba un poco. Sabía perfectamente que su propio aspecto no era para tanto. Era similar al de las otras niñas de vestidos horribles. Igual de algodonoso. Estaba claro que tanta ceremonia por parte de Laura pretendía un único objetivo: caerle bien. Fiona sabía que cuando alguien hace tantos esfuerzos en caer simpático a otra persona es 1) porque no tiene muchos amigos o 2) porque quiere conseguir algo. Y algo le decía que la tal Laura tenía una buena lista de amistades en aquel pueblo tan pequeño. Así que levantó una ceja y dejó que la mujer siguiera hablando.

—Estoy segura de que en la Hermandad de Niños Laboriosos te encontrarás como en tu casa. —Laura desplegó su larga ristra de dientes-perla—. Vamos a tratarte muy bien.

El timbre de las clases sonó y, sin que nadie diera orden alguna, todos los niños se levantaron de sus mesas para colocarse en formación. El grupo estaba en perfecto orden de revista. Fiona dudó si sumarse a la comitiva, pero supo que debía hacerlo cuando Laura movió la cabeza indicándole su sitio.

Después, todos los niños giraron al toque del silbato y comenzaron a marchar en fila india hacia el patio.

Fiona jamás había asistido a ningún tipo de clase que la obligara a marcar el paso, pero procuró no desentonar mucho cuando se cruzó por delante de Lucas y sus nuevos amigos. Al parecer, a su hermano le había ido fenomenal el primer día. Seguro que todo le había salido tan bien como para marcarlo como un *día estrella*. Fiona observó cómo marchaba ya hacia casa, no sin saludarla antes con la mano.

El grupo de la Hermandad siguió desfilando y llegó a una especie de gimnasio en el que había dispuestas varias mesas de madera. Los niños se repartieron entre los diversos puestos y Fiona encontró el suyo en una de las mesas del fondo. Cuando todos estuvieron sentados y en silencio, Laura se subió a un altillo al frente de la sala, dio dos palmadas y habló a su audiencia.

—Queridos niños. Hoy tenemos dos nuevas incorporaciones en nuestra querida Hermandad. Dos nuevos

voluntarios que, gentilmente, van a echarnos una mano. Por un lado, tenemos a la linda Fiona, que ha llegado al pueblo acompañada de su familia...

Al oír aquello, Fiona supo que debía levantarse, aunque lo hizo a regañadientes. Aquella señora hablaba como si estuviera saliendo en la tele.

—... y por otro tenemos al talentoso Max, que vivirá durante algún tiempo en la casa de los pasteleros. Vamos, niños. ¡Recibámoslos con un cariñoso aplauso!

Tras recibir la orden, todos los niños, sin excepción, se incorporaron y aplaudieron. El tal Max, sentado enfrente, también acabó por levantarse, aunque con tan poco entusiasmo que Fiona supo que opinaba lo mismo que ella: lo ridícula que era esa situación.

Laura continuó con lo que harían a partir de ese momento. Todos volvieron a sentarse y atendieron en silencio:

—Como sabéis, hoy comenzamos tarea nueva. ¡No he dormido en toda la noche pensando en vuestra cara al verlo!

Laura colocó una caja de cartón encima de su atril de oradora y la abrazó con un misterio exageradísimo.

—¿Queréis verlo? Seguro que estáis deseando... Bueno, está bien. No os voy a hacer esperar más. ¡Aquí lo tenéis! ¿A que es precioso?

Laura sacó de la caja un ejemplar de oso de peluche confeccionado de manera artesanal. Los ojos parecían bastante simétricos, aunque por el grosor de las puntadas estaba claro que no procedía de ninguna fábrica. Al verlo, Fiona se echó a temblar. Era imposible que ella, que jamás había enhebrado una aguja, pudiera coser algo tan difícil. Le habría gustado compartir sus dudas con el otro niño nuevo, pero la lógica le decía que no sabría mucho más que ella. Así que no tuvo más remedio que dirigirse a la compañera que tenía al lado. Una niña rubia y regordeta que miraba a Laura con absoluta entrega.

—¿Y nosotros tenemos que hacer uno igual? —Fiona susurró con disimulo.

—¿Uno? —respondió la niña—. ¿Estás de risa? Cuantos más hagas mejor.

—¿En serio? ¡¿Cuántos?!

—¡Todos los posibles! —exclamó la niña alucinada—. El que más peluches hace es condecorado como Campeón de la Hermandad.

Fiona abrió tanto los ojos que por el rabillo detectó la cara de asombro del niño de enfrente.

—¿Y si eres la campeona qué te pasa?

—Schhhhh…, ¡calla!

La niña regresó a su actitud admirativa. Al parecer, Laura acababa de darse cuenta del cuchicheo y miraba con una ceja levantada hacia la mesa de los nuevos. Aunque al ver que Dolores, la niña alucinada, ponía fin al intento de consulta, se relajó y continuó con las instrucciones.

Más tarde, Fiona se enteró de que cualquier falta de atención podía restar puntos (como también era motivo de sanción desaprovechar el material o que el rendimiento no fuera el adecuado).

—¿Y si faltas porque estás mala? —preguntó Fiona cuando la clase hubo acabado.

—¡No! ¡Eso es horrible! —exclamó Dolores—. Es muy difícil recuperar los puntos de una falta de asistencia. ¡Intenta no ponerte enferma!

Dolores le explicó que, cuando las sesiones de la Hermandad empezaban, todos los niños iban muy abrigados desde el inicio del invierno. También procuraban no ir descalzos por la casa, no tomar chucherías y comer frutas y verduras para evitar indigestiones no deseadas. Conservarse sano era fundamental.

Pero eso fue más tarde. En aquel momento, Fiona ignoraba todas esas cosas, aunque sí empezaba a sospechar que el tema de los puntos era importante. Permaneció callada mientras Laura continuaba explicando los pasos a seguir para confeccionar el oso. Al parecer, lo primero era cortar las piezas de tela ayudándose de unas plantillas. Cada niño tenía asignado un pedazo de tejido sobre el que dibujar los patrones. Y era fundamental no malgastarlo.

—Repartiremos las plantillas por las mesas y el próximo día os explicaré cómo coserlo para prueba —explicó Laura—. Veréis qué bonito queda. ¡Espero que traigáis los dedos entrenados!

La niña alucinada levantó el brazo con ansia cuando Laura pidió voluntarios para repartir la tela por las mesas. Y Fiona vio cómo todos los voluntarios eran

recompensados con un punto extra gracias a su máximo interés.

Desde el otro lado de la mesa, Max guardaba silencio. Tomó su plantilla y su tela sin rechistar. Parecía aguardar a que Laura terminara con la charla:

—Ya sabéis que el Hospital Infantil de la Región nos agradece mucho los donativos que hacemos para ellos. Estos peluches servirán para alegrar a los niños enfermos. Así que, queridos voluntarios, ¡manos a la obra!

Fue como un grito de guerra. Una vez que Laura dio la orden, todos los niños agarraron las plantillas y las colocaron sobre la tela dispuestos a dibujar las piezas. Fiona permaneció quieta. Prefería ver lo que hacían los demás antes de meter la pata. Observó a Dolores, que en esos momentos comenzaba a marcar la línea alrededor de las plantillas con las diferentes piezas del muñeco.

—Pero ¿no hay máquinas que hacen esto? —preguntó Fiona por lo bajini—. No lo entiendo.

Parecía que Dolores ni la hubiera escuchado. Estaba absorta en su tarea. Max, por su parte, ya había comenzado, y Fiona se dio cuenta de que no tendría más remedio que imitarlos. Alisó la tela sobre la mesa al igual que había hecho el resto y pinchó la primera plantilla del patrón ayudándose de unos alfileres. Tras unos cuantos intentos y otros muchos más pinchazos vio que el resultado era muy distinto al de sus compañeros. Estaba claro que Fiona no estaba hecha para eso.

¿Vas a cortarlo así? —murmuró Dolores al ver lo mal que Fiona había encajado las piezas—. Deberías repetirlo. ¡Desaprovecharás mucha tela!

Fiona iba a responder, pero la presencia de Laura merodeando por las mesas convirtió el murmullo en el más absoluto silencio. En aquel gimnasio solo se oía el tintineo de los alfileres y el roce de las tijeras.

Laura llegó hasta la mesa y observó el trabajo de Fiona por encima del hombro de la niña. Acercó la mano a la esquina de la tela, pero rechazó tocarla en el último momento.

—Deberías esmerarte un poco más, querida... —dijo señalándolo con su larga uña de esmalte rojo—. Observa lo bien que lo hacen tus compañeros.

Laura dio un par de palmaditas sobre el hombro de Dolores, que al sentir el gesto de aprobación se estiró como un resorte. Después se puso a trabajar como una

locomotora. Parecía que las palabras de Laura fueran el revulsivo que había estado esperando.

Fiona estaba desolada. No sabía de qué modo mejorar lo que ya había hecho. Le había costado tanto... No podía creer que todo aquel esfuerzo no hubiera servido para nada. Suspiró con desesperación, resignada a deshacer el trabajo, cuando de repente descubrió que su labor había desaparecido de encima de la mesa.

En su lugar, Max había colocado la suya. El chico acababa de intercambiar los dos pedazos de tela y en esos momentos trabajaba muy concentrado en el retal de Fiona.

—Pero ¿qué estás haciendo? —susurró Fiona consciente de que eso les haría perder un montón de puntos.

—Calla y disimula.

Como por Dolores no había nada que temer, ya que estaba entregada en cuerpo y alma al patronaje, Fiona se dedicó a fingir que trabajaba sobre la labor de Max. Volvió a mirarle de reojo. Aquel niño trabajaba rapidísimo. Parecía un verdadero artista del corte y confección. Así que le dejó hacer sin llamar mucho la atención. Tal vez Fiona fuera un desastre en la costura, pero en labores de disimulo podía ser la campeona de la clase.

* * *

Antes de que Fiona entendiera los problemas de manejarse con la aguja, antes de que entrara en el gimnasio, incluso antes de que nuestra amiga saliera de casa, Lorenzo ya se había topado con varias cosas que no le gustaban nada.

Es necesario que retrocedamos un poco a primera hora de la mañana, cuando ninguno de los F. había marchado todavía al trabajo o al colegio. La familia ni siquiera había bajado a desayunar, aunque Lorenzo llevaba horas despierto.

Aquella mañana, él también se había levantado bastante nervioso. A ver si te vas a pensar que esa tranquilidad que intentaba aparentar todo el rato era verdadera. Pues no. Nada de eso. Lorenzo también estaba preocupado, al igual que todos los demás.

Los últimos días habían sido tan estresantes que Lorenzo apenas había tenido tiempo de pensar en todo lo que había pasado. Como aquella noche, hacía apenas dos días, en la que había llegado a su puesto en la fábrica y nada le hizo sospechar que las cosas acabarían tan mal.

Aquella jornada había llegado a fichar puntualmente, había entrado en la garita de vigilancia y había tomado tranquilamente su cena, como cada vez que le tocaba turno de noche en la fábrica. Tras comprobar el correcto funcionamiento de las cámaras de seguridad (algo dentro del protocolo) había comenzado su ronda y después... todo se volvió confuso.

Recordaba el dolor de cabeza al recuperar el conocimiento y también cómo aquel misterioso desconocido, que dijo llamarse Agente H, le había rescatado. Aquel hombre le había incorporado del suelo, le había arrastrado hasta el exterior de la fábrica y le había trasladado en su coche, salvándole la vida. Y, después, cuando Lorenzo llegó a casa, había buscado a Norma por todas las habitaciones para abrazarla y explicarle que su futuro estaba a punto de cambiar.

Antes de aquello, Lorenzo nunca había oído hablar de la AAA ni de nada que se le pareciera. Pero, por culpa de lo sucedido en la fábrica, aquel Agente se había sentado con los dos en la cocina y les había explicado cómo eran en realidad las cosas. Gracias a él, Lorenzo y su familia tendrían una oportunidad.

Lorenzo decidió apartar aquellos pensamientos difíciles y abrir el grifo del agua caliente. Ya meditaría sobre todo eso más adelante. Una buena ducha matinal le ayudaría a empezar con buen pie.

El día anterior, el empleado de la AAA le había hecho entrega de su uniforme de jardinero. Sin embargo, cuando Lorenzo se secó y fue a ponérselo, descubrió que el mono le venía muy pequeño. Alguien había metido la pata con la talla. En la agencia no todo estaba tan controlado.

Lorenzo se sentó en el váter algo apesadumbrado. No quería volver a pensar en cosas preocupantes, así que se concentró en su nuevo reloj. Después de que la Agente Z se hubo marchado, Lucas había estado pesadísimo, ansioso por toquetearlo. Pero Lorenzo se había negado. Prefería no jugar con aquellos chismes endiablados.

En aquel momento, sin embargo, Lorenzo pensó que a lo mejor podía investigarlo. Llevar aquel mecanismo en la muñeca todo el día le parecía un auténtico estorbo si ni siquiera servía para dar la hora. Así que acarició la pantalla negra con cuidado y se fijó en los dos pequeños botones que había en el lateral. Tal vez pulsándolos lograría que la hora o la calculadora se iluminaran. Pero apenas había rozado uno de los botones cuando un sonido de interferencia, parecido al de las radios, emergió de forma inesperada desde el reloj.

—¿Hola? Aquí la Agencia de Asuntos Anónimos. ¿Algún problema, señor F.*?

(*La voz que acababa de hablar parecía provenir de una especie de centralita. Mencionó el nombre completo de Lorenzo, solo que, como ya habrás supuesto, me está prohibido reproducirlo).

Al escuchar aquella voz, Lorenzo dio un respingo. Jamás habría supuesto que aquel cacharro sirviera también de intercomunicador.

—Eh... Sí, sí. Todo bien. Gracias.

—Ah, perfecto —le tranquilizó la voz—. Bueno, ya que estamos, podemos aprovechar para cerrar el protocolo de llegada. ¿Están ya instalados?

Lorenzo miró a ambos lados. Como si no acabara de creerse que estuviera solo en aquel baño.

—Sí. Eso creo. Aquí ya estamos todos.

—Muy bien. Perfecto. —La voz se calló mientras su dueño tecleaba algo—. Me alegro de que estén bien. Por cierto, ¿qué tal el barco? ¿Les gusta?

—¿El barco? —preguntó Lorenzo, extrañado.

—Sí. La embarcación que les sirve como vivienda —explicó la voz—. ¿Están cómodos en ella?

Lorenzo acababa de quedarse blanco. No podía creer aquel descontrol por parte de la AAA. Aun así intentó guardar la calma.

—Perdone, pero nosotros... no vivimos en ningún barco.

—¿Ah, no...? —La voz guardó un minisilencio—. Eh... Un momento, por favor.

La comunicación se cortó.

Lorenzo se preguntó quién narices se estaría encargando de su caso y si realmente sería alguien competente. Tardó unos treinta segundos en obtener respuesta:

—¿Hola? —La voz volvió a conectarse—. Sí, perdone. Llevaba usted razón... je, je. Su casa es la de las goteras. La del pueblo, ¿verdad?

—Sí, correcto —confirmó Lorenzo con hartazgo—. Justo esa.

—De acuerdo. Pues entonces, ¡todo controlado! Ya les tenemos ubicados. ¡Que pase un buen día, señor F.!

Y cortó.

Lorenzo se dijo a sí mismo que más le valía terminar de ajustarse el mono y marchar al trabajo cuanto antes. Aquella metedura de pata le había puesto el estómago del revés. Horas más tarde, cuando llegó a su nuevo puesto y su jefe le puso a recoger las hojas secas y pudo reflexionar un poco, agradeció un trabajo tan sencillo.

Se dijo a sí mismo que lo mejor era no obsesionarse. Si pensaba en la de cosas que la AAA había hecho regular hasta ese momento, ya podían darse por capturados.

* * *

A pesar de la ayuda de su compañero Max y de que su tela había quedado bien recortada, podrás imaginarte lo preocupada que Fiona llegó a casa tras la reunión de la Hermandad. Nuestra amiga notaba encima de ella el peso de la responsabilidad. A veces un golpe de suerte (o de ayuda, como el de Max) puede contribuir a que las cosas salgan bien un día, pero eso no significa que vaya a ser así siempre. La suerte no es un factor. Y Fiona lo sabía: no tenía ni idea de cómo iba a sobrevivir y de si eso llevaría al desastre al resto de su familia.

Estaba claro que la Hermandad de Niños Laboriosos no encajaba con ella en absoluto. Fiona asumía que su lista de puntos quedaría muy por debajo de la del campeón de aquel año. Según la Agente Z, su misión consistía en mantener la discreción, pero a Fiona la costura se le daba tan mal que saltaba a la vista.

Cuando llegó a casa, el resto de los F. ya estaban esperándola para comer. Lorenzo se había preocupado en comprar un estupendo pollo asado, ya que tras la primera jornada de trabajo, llena de ocupaciones (y de preocupaciones), nadie había tenido tiempo para ir a hacer la compra.

La abuela Ginebra había pasado toda la mañana buscando una tienda de ropa en la que le vendieran algo decente pero, tras recorrerse aquel pueblo de cabo a rabo, había llegado a la misma conclusión que sus nietos: era preferible llevar la misma vestimenta que el resto de la gente.

—Al final va a resultar que esa dichosa agencia trabaja bien y todo —alabó Ginebra tras masticar una patata frita—. Es posible que hasta sobrevivamos.

Lorenzo levantó la vista ante el comentario ácido de su suegra, pero no quiso intervenir. Aquella mañana, mientras recogía las hojas, había decidido no mencionar nada del incidente del intercomunicador. Ni siquiera a Norma. Eso alarmaría a su familia cuando lo fundamental era permanecer tranquilos. Además, cualquiera soportaba a Lucas si se enteraba de que el reloj también servía para transmitir.

—No entiendo quién narices se ha inventado este pueblo —dijo Maya con hartazgo—. El nivel de las clases es de chiste y los libros de la biblioteca, un muermo.

—Pues tendrás que aguantarte —respondió Norma—. No eres la única que se aburre, ¿sabes?

—Al menos tú trabajas —replicó ella—. Hasta podrías renunciar si quisieras.

—¿Ah, sí? —replicó Norma—. ¿Para hacer qué? Ni siquiera puedo salir a correr por las mañanas.

—¿Por qué? —preguntó Fiona mordisqueando su muslito—. Antes madrugabas para hacerlo.

—¿No sabes que hasta las diez no se debe salir a la calle? —protestó Norma—. Hasta esa hora nadie mueve un dedo en este pueblo.

—¿En serio? ¿Y eso por qué? —preguntó Lucas.

—Pues porque no está bien visto. Hay que atender a la familia y a los niños para que se vayan al colegio. Si me

pusiera unas zapatillas y corriera sería visto como una excentricidad.

—Ya veo… —comprendió Maya—. Serías la madre loca del pueblo.

—Eso es. Pero no os imagináis cómo cambia todo en cuanto dan las diez. A partir de esa hora esto es una fiesta.

Norma había podido comprobarlo a través del escaparate. Tras una hora sentada ante la lavadora sin otro entretenimiento que mirar los azulejos, había descubierto que al otro lado del cristal la calle era un hervidero. Pensó que analizar los hábitos y costumbres de aquel pueblo no le vendría nada mal de cara al futuro, así que había trasladado su despacho a la parte del mostrador más cercana al escaparate.

—Así que te has vuelto la cotilla oficial de la calle —concluyó Maya.

—¿Y qué otra cosa puedo hacer? —replicó Norma—. Esa tintorería es un cementerio.

—A lo mejor podrías ayudarme con los peluches… —intervino Fiona—. Es demasiado difícil para mí.

Norma le explicó a Fiona que, si ella se dedicara a hacer su trabajo, la profesora se daría cuenta de que estaba hecho por un adulto. Que tampoco era plan de buscarse conflictos. Debía recordar lo que la Agente Z había ordenado: no había que crear problemas. Fiona respondió que si nadie la ayudaba entonces sí que tendrían un problema. Y Norma le respondió que aquello era su responsabilidad y que bastante tenía con lo suyo, y todo derivó en una discusión en la que todo el mundo hablaba y nadie se escuchaba.

—Entiéndelo, hija —intervino Lorenzo para calmar el ambiente—. Tenemos que quedarnos aquí. Solo así podremos ocultarnos.

—¡Pues a lo mejor yo prefiero ocultarme en otro sitio!

Fiona retiró la silla empujándola con fuerza y se marchó escaleras arriba. No podía entender por qué estaba allí, en ese pueblo idiota, vestida con esas pintas. Pero lo que de verdad no podía comprender es que nadie quisiera ayudarla. Aquella mañana había sobrevivido gracias a la ayuda del otro niño nuevo, pero eso no significaba que fuera a hacerlo siempre.

Tras un buen rato tumbada en la cama que dedicó a maldecir su mala suerte, Fiona ideó una pequeña venganza. Tal vez estaba condenada a llevar esos vestidos horribles. Pero, que ella supiera, los lazos no eran obligatorios en absoluto. Así que cogió las tijeras de su estuche del colegio y se dedicó a recortar todos los adornos de los vestidos hasta dejarlos lo más sencillos posible.

Cuando ya casi había terminado, los peldaños de la escalera crujieron desde la planta de abajo. Al parecer, alguien había decidido subir a acompañarla. Fiona corrió hacia la cama y se tapó con la manta. No estaba de humor para más discusiones. Aunque se sintió mejor al comprobar que la persona que abría la puerta era la abuela Ginebra.

La mujer se sentó en la esquina de la cama y rozó con sus dedos la pierna de Fiona. Tras un par de intentos en los que Fiona quiso hacerse la resistente, acabó por entender que la abuela no tenía culpa de nada y que tal vez estuviera allí para consolarla.

—No sé qué hacer, abuela —confesó después de incorporarse y ver que esas eran precisamente sus intenciones—. Ojalá en esa Hermandad se hicieran trabajos diferentes. O mejor: ¡ojalá no existiera!

—Te entiendo perfectamente —respondió Ginebra—. Te aseguro que si pudiera ayudarte lo haría, pero me temo que esto lo has heredado de mí: jamás supe cómo coserle un botón a tu madre.

—¿Y qué hacías? —preguntó Fiona, dándose cuenta de que en la época antigua eso sí que era un problema.

—Pues me buscaba la vida —respondió ella—. Invitaba a los vecinos a cócteles y aprovechaba para pedirles el favor. O le decía a tu madre que se abrochara el de abajo y el de arriba. Ya ves tú qué problema más grave, perder un botón...

Fiona entendió que la abuela llevaba razón. A lo mejor coser no era tan indispensable.

—Piensa que tu madre lleva un poco de razón —claudicó la abuela—. Después de haber visto lo mal que lo haces, la tal Laura sospecharía si lo llevaras perfecto. ¡Tu madre hace todo demasiado bien!

A Fiona, en el fondo, aquel tema ya le daba un poco igual. Se sentía peor por otra cosa. No estaba cómoda viviendo de aquella manera. Y llevaba fatal no ser como ella quisiera, sino seguir un guion que otros habían escrito por ella.

—No te preocupes por eso —respondió la abuela—. No será para siempre.

—¿Por qué dices eso?

La abuela miró detrás de ella, como si dudara que la estuvieran espiando, y se levantó a cerrar la puerta. Después regresó al borde de la cama.

—Está bien. Te contaré mi secreto.

—¿Tienes un secreto, abuela?

—Así es. Y es verdad lo que decía esa dichosa Agente Z: los secretos dejan de serlo si los cuentas. Pero yo creo que ahora es más importante que te animes. Sacrificaré mi secreto por ti. Me da que lo necesitas.

—Cuenta.

Fiona acababa de sentarse como los indios y miraba directamente a Ginebra. Le parecía un notición que la abuela accediera a contarle cosas de su interior. A veces era tan misteriosa... Habría dado todas sus pertenencias, en caso de que las hubiera conservado, por conocer las vivencias que la abuela almacenaba en la cabeza.

—Verás —comenzó Ginebra—. Resulta que estoy ahorrando para comprar una isla desierta.

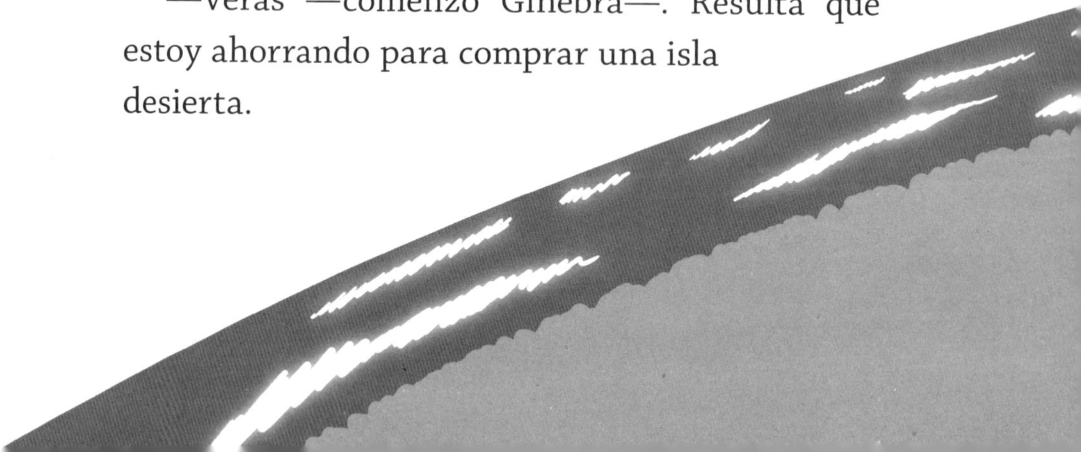

—¿Una isla desierta? —preguntó Fiona intrigadísima—. ¿Y eso para qué?

—¿Cómo que para qué? ¡Pues para nosotros!

Fiona puso una cara muy rara. Aquella idea era tan estrafalaria como la propia abuela. Tal vez fuera una broma. En muchas ocasiones, Fiona no sabía distinguir si la gente hablaba en serio o le tomaba el pelo (y esa era, precisamente, una de aquellas veces).

—Pero ¿no te das cuenta? —insistió la abuela—. En una isla de nuestra propiedad nadie, absolutamente nadie, podrá encontrarnos. Y así no tendremos que mudarnos. Y podremos ser quienes queramos. Sin ocultarnos.

Fiona pensó que, aunque fuera imaginaria, aquella idea no estaba mal.

Le había gustado que la abuela hubiera tratado de animarla y jugar a que sus fantasías se hicieran realidad.

Ginebra siempre le hacía reír. No le gustaba nada verla triste y para ello había *sacrificado* aquel secreto. Había sido todo un detalle por su parte.

CAPÍTULO 4

Norma removió el té esperando a que se enfriara un poco. Era la cuarta vez que lo hacía, ya que odiaba el té demasiado caliente, aunque también sabía que aquella no era una acción necesaria. El té se enfriaría solo sin necesidad de removerlo. El problema era que Norma necesitaba ocupar el tiempo con algo.

Aquella mañana había acudido de nuevo puntual a la tintorería. Se había propuesto ir con la mejor actitud a su puesto. Pero, a pesar de que a las diez en punto había volteado el cartel de «Abierto» en el cristal de la entrada, nadie había traspasado aún el umbral de la puerta.

La tarde anterior había conocido al sobrino del señor Bodel, el famoso tercer empleado. Se trataba de un chaval tan esmirriado como su tío y que respondía al desastroso apodo de «Bujía». Antes de que el señor Bodel se lo presentara, Norma ya había podido hacerse a la idea de cómo era su sobrino: la foto de Bujía colgaba bajo el cartel de «Empleado del mes» (y probablemente llevara ahí toda la vida).

Cuando el señor Bodel hizo las presentaciones, Bujía no le cayó muy simpático. Parecía más preocupado por peinar su tupé ante el cristal de la lavadora que por impulsar el negocio de su tío.

Así que, al ver que con Bujía no podía tener ningún tipo de apoyo, Norma se había retirado a su zona junto al escaparate. Después, había procurado ignorar la charla estúpida que tío y sobrino habían mantenido durante la mayor parte de la tarde.

Bujía había anunciado que la mañana siguiente no aparecería por la tintorería. Al parecer, tenía una reunión importante. Lo había dicho en tono muy alto, para que todo el mundo le oyera. Y a Norma le pareció de lo más presuntuoso, ya que los únicos que podían escucharle eran ella y el señor Bodel. Era estúpido que Bujía se diera tanta importancia.

Bien mirado, tampoco es que Bujía fuera muy necesario. Aquella mañana, la única tarea útil había sido observar por el escaparate.

Al principio a Norma le daba un poco de vergüenza quedarse obnubilada con la gente que pasaba de un lado a otro del cristal. Sobre todo teniendo en cuenta que su jefe estaba a pocos metros de ella. Pero pronto entendió que no había mucha diferencia entre el televisor que el señor Bodel miraba atentamente y el escaparate de la tintorería. Así que se entregó sin reservas.

Al cabo de una hora, Norma había llegado a varias conclusiones: que el verde con topos blancos era el tejido de moda, que uno de cada tres hombres que paseaban por la calle lo hacía con sombrero, y que el negocio más cotizado, sin ningún atisbo de duda, era la pastelería de enfrente.

Norma maldijo a la Agente Z por no haberla colocado en aquel local tan concurrido. Estaba claro que ahí había trabajo de sobra. La gente inundaba el establecimiento y, a veces, incluso formaba una cola tan larga que llegaba hasta la plaza.

Pensó que analizar aquel negocio tal vez pudiera darle buenas ideas para la tintorería. Si no hacía algo para atraer clientes, pronto moriría de aburrimiento.

Se fijó en las bandejas de pasteles que había expuestas en el escaparate. Los había de tres tipos: pastelillos de hojaldre, cruasanes de mantequilla y una especie de bollos rellenos que casi nadie elegía. Norma lo supo porque, de las cuatro veces que el pastelero había rellenado

las bandejas, ni siquiera había reparado en la de los bollos con salsa de arándanos.

Para matar el aburrimiento, Norma se propuso un juego: apostaría cuántos clientes faltarían hasta que alguien pidiera los bollos rellenos y si sería capaz de adivinar

al elegido. Basándose en lo llena que estaba la bandeja calculó que no quedaría demasiado. Así que se dedicó a observar por el cristal para comprobar si su apuesta sería la correcta.

De la larga fila de clientes que aguardaban frente a la pastelería, apenas era posible diferenciar a unos habitantes de otros. Todos vestían ropas similares a las que la Agencia les había proporcionado. Dos señoras cargadas de bolsas se decantaron por los cruasanes de mantequilla. Después, una chica joven pidió al pastelero unos cuantos pastelillos de hojaldre. Norma empezó a impacientarse. Parecía que nadie repararía nunca en la bandeja de bollitos rellenos hasta que, de repente, un señor calvo (cosa que Norma supo cuando se quitó el sombrero) se aproximó hasta los tres tipos de pasteles. El hombre se llevó la mano a la barbilla y miró atentamente, incapaz de decidirse.

—Vamos… A la derecha. Elige los de la derecha…

—¿Qué dices, Norma? —preguntó el señor Bodel sin despegar los ojos de la tele.

Norma no respondió. Sabía que, en el fondo, el señor Bodel no le estaba haciendo caso. Clavó los ojos en el señor calvo, como si quisiera transmitirle las órdenes directamente hasta su cráneo descubierto. Milagrosamente, el hombre obedeció: se dirigió al pastelero y señaló con orgullo la bandeja de bollos rellenos.

Norma elevó los puños en un gesto de triunfo. Igual que las tenistas que acaban de quedar campeonas. Aunque recordó que aquel cristal era transparente a ambos lados y que era posible que alguien la pudiera estar observando. Se retiró con recato hacia su zona del mostrador dispuesta a no perderse la salida triunfal del cliente calvo. Y entonces ocurrió.

Ansioso por disfrutar su compra, el hombre calvo se detuvo en la salida de la pastelería y abrió el envoltorio que el pastelero acababa de darle. Sacó uno de los bollitos, miró a ambos lados (tal vez para comprobar si alguien era testigo de su ansia) y lo mordió con felicidad. Aquel hombre calvo llevaba una camisa impecable. De un blanco inmaculado. Y como suele suceder en estos casos todo se fue al traste cuando, al apretar el pastelillo, una gota de salsa de arándanos salió por el lado trasero del bollo y cayó, sin remedio, en mitad de la camisa blanca del señor calvo.

—¡Maldición! —protestó el hombre, contrariado.

El señor calvo buscó de inmediato algo con lo que limpiarse. Sin embargo, al otro lado de la calle, aquello tuvo un efecto muy distinto: fue como si a Norma alguien acabara de tocarle con una varita mágica. Como si le hubieran dado una fórmula secreta, directamente en su propio cerebro. Ahí estaba. La idea que había estado buscando. Y todo gracias al señor calvo.

Norma sintió algo similar a los efectos de los polvos mágicos. Por fin sabía qué hacer. Atraería a los clientes, reflotaría el negocio, y al señor Bodel y a su dichoso sobrino no les quedaría otra que ponerse a trabajar. Ya podían prepararse para su plan. Les iban a faltar manos.

* * *

A veces las ideas llegan, se ponen a dar vueltas en la cabeza y luego se marchan por donde han venido sin que apenas quede rastro de ellas. Otras veces, se quedan, se instalan cómodamente en la barriga y no hay manera de echarlas.

Te contaré un pequeño secreto: si tu idea se queda dando vueltas en la tripa y crece y crece sin poder parar-

la, es que, con total seguridad, esa idea es fantástica. Es algo parecido a las nubes de preocupaciones, solo que al contrario. De ti depende que se hagan grandes o se desinflen por completo.

Creo que lo mejor es que dejemos a Norma desarrollando su idea, haciéndola crecer en su barriga, y que nos concentremos un poco en Fiona.

Nuestra amiga encaró el siguiente día en la Hermandad del único modo que pueden encararse las derrotas: con la mejor cara posible. No podía olvidar lo gentil que había sido Max durante la última sesión de costura, así que se acercó a él para darle las gracias.

—No fue nada —respondió Max—. Lo estabas pasando mal y necesitabas ayuda.

A Fiona le sorprendió aquella generosidad. Tenía ganas de decirle a Max que era la única persona que le había ofrecido apoyo. Pero se contuvo. Tal vez ese comentario entraba en el tipo de conversaciones *peligrosas*. Max le podía haber preguntado por qué su familia no le echaba una mano y entonces Fiona no habría sabido qué contar y qué callar.

De todas formas, algo le decía que ese niño era demasiado reservado, que no era el típico que hacía preguntas.

La gente callada a veces destaca sobre los que no paran de hablar. Aunque tampoco hubo tiempo para más. Laura hizo su entrada en el gimnasio y se alegró de ver que todos los niños estaban ya preparados.

—No esperaba menos —afirmó—. Veo que este año os tomáis muy en serio la Hermandad.

Fiona se alegró de que a ella nadie le hubiera preguntado. Si lo hubieran hecho, habría dicho que su motivación estaba por los suelos. Pero, por fortuna, Laura no se percató. Se dedicó a dictar las siguientes instrucciones para confeccionar el oso de peluche.

—Una vez que tengamos todas las piezas cortadas, debemos coserlas para prueba con este hilo de hilvanado. —Laura mostró un ovillo de hilo de algodón para que todos pudieran verlo—. Después de mi revisión personal, podréis coserlo definitivamente.

«Revisión personal». Eso era casi como un examen. Fiona esperaba que Laura no fuera de esas que se ceban con los castigos, porque entonces pasaría condenada el resto del curso.

Laura mostró a los voluntarios cómo quedaba el oso cosido para prueba y les enseñó los botones que servirían

de ojos: unos círculos de plástico que incluso imitaban las pupilas. Fiona pensó que aquel osito quedaría muy profesional. Ojalá pudiera conseguir que el suyo quedara igual. Pero sabía que era imposible.

Resignada, imitó como pudo a Dolores, que nada más empezar ya casi había cosido medio oso y competía en velocidad con otra niña del fondo. Max cosió su labor con una rapidez increíble y nada más terminar hizo lo propio con la tarea de Fiona.

—No deberías ayudarme tanto —murmuró ella—. Con lo rápido que coses podrías conseguir muchísimos puntos.

Max guardó silencio. Siguió concentrado en el oso de Fiona. Ella, mientras tanto, se dedicó a fingir que cosía al tiempo que observaba de reojo el atril de Laura.

Cecilia, la profesora de Primaria, acababa de entrar en el gimnasio y se había aproximado a Laura con cautela. En aquel momento se acercaba al oído de la jefa de la Hermandad y susurraba algo en su oreja. Nada más escuchar lo que Cecilia tenía que decir, el gesto de Laura cambió por completo. Se giró hacia la profesora y estiró el dedo índice amenazándola con él.

—¡No pueden faltar a ninguna sesión! ¡Ni pensarlo! ¡Su asistencia es muy importante!

—Pero, Laura, entiéndalo —se disculpó Cecilia—. Es la excursión anual. Me gustaría que los de este curso también nos acompañaran. Solo sería una falta.

—De ninguna manera —insistió Laura—. Una sola falta sería desastrosa para la suma de puntos de estos niños. El compromiso es el compromiso.

Cecilia insistió una vez más. Pero la uña de Laura se encargó de seccionar la discusión:

—Confío en que no se te ocurra llevártelos. Si no, te aseguro que habrá consecuencias.

Fiona estaba muy impresionada. Aquella imagen de señora chunga contrastaba muchísimo con el papel de profesora candorosa que Laura se había empeñado en escenificar. Su larga uña roja parecía un cuchillo a su servicio y Fiona notó cómo, tras aquella amenaza, Cecilia se echaba a temblar.

—Eh, ¿habéis visto eso?

El resto de los niños estaban tan concentrados que nadie levantó la cabeza de la costura. Tan solo Max, que dirigió sus pupilas hacia el atril y tras una mirada rápida

que decía «Fiona, ponte a coser y cierra la boca» regresó a lo que estaba haciendo.

En efecto, había miradas que parecían frases enteras. Y Fiona decidió hacer caso a Max, aunque le costó muchísimo esperar hasta el final de la clase para comentar la jugada.

—¿Tú también lo has oído? —exclamó una vez que los dos estaban ya fuera del recinto—. Jamás había visto a Laura hablarle a nadie de esa manera.

—Tampoco es que la conozcamos mucho... —respondió Max—. Lo mismo es así siempre y no tan amable como pretende aparentar.

—Así que tú tampoco te fías de ella...

Los dos caminaban hacia casa evitando cruzarse con los entusiasmados compañeros de la Hermandad. Muchos de ellos salían del gimnasio comparando su recolección de puntos. Hacían apuestas entre ellos por ver quién acaparaba más. Fiona no podía creer que eso les ilusionara. ¿Cómo podían estar tan ciegos? Daba la impresión de que solo usaban los ojos para coser.

—Por cierto —le dijo a Max—, creo que deberías dejar de ayudarme. Vas a buscarte un problema. Es posible que Laura se dé cuenta.

—¿De qué?

—De que los dos osos están cosidos por la misma persona.

Max le dijo que eso le daba igual. Que aquella clase le aburría muchísimo y que si él quisiera podría coser más rápido que nadie, incluida Dolores. Pero que como no le apetecía pues prefería ayudarla y ya está.

—Aun así… me siento mal.

—Pues no lo hagas.

Asunto zanjado. Max parecía un experto en terminar las conversaciones. Pese a ello, Fiona todavía tenía cosas que decir (y que preguntar), así que decidió rellenar el silencio del camino a casa con alguna cuestión más.

—¿Por qué sabes coser así de bien?

Max no contestó. Parecía que no le importara lo que la gente opinara de sus silencios. Sin embargo, Fiona no se dio por vencida.

—¿Te ha enseñado tu abuela?

Max siguió callado.

—¿Tu madre?

—…

—¿Tu padre?

Max suspiró. Y Fiona por fin claudicó. Estaba claro que Max no quería responder. Y el motivo tal vez era que Fiona había tocado un tema espinoso. No de cosas *peligrosas*, como le sucedía a ella, sino de otras, de las dolorosas (que, si cabe, eran aún peor). Fiona se dijo que una de las lecciones que debía aprender, más que saber coser peluches, era la de saber morderse la lengua.

Pero Max siguió sin decir nada. Solo cuando los dos llegaron a la esquina abrió la boca para despedirse. Después enfiló por la calle de la derecha.

Fiona lo vio marchar sintiéndose un poco mal. Aunque, por el tono que usó, se dio cuenta de que Max no estaba enfadado. Se dijo que al menos tenía algo parecido a un amigo.

Y uno perfecto, ya que no hacía preguntas, aunque tampoco diera muchas respuestas.

* * *

Lucas salió del colegio y recuperó el monopatín de debajo del arbusto en el que lo había dejado. Según le

habían explicado el primer día, el uso de monopatines dentro del recinto estaba terminantemente prohibido, así que no había tenido más remedio que buscarle un escondite mientras él estaba en clase.

El día anterior algunos chicos se habían fijado en su pericia con el monopatín y se habían acercado a él después de clase. Al notar su curiosidad, Lucas había terminado sorteando el vehículo por turnos a cambio de cierta información. Nunca se sabe. Siempre está bien tener contactos.

Lo primero que Lucas averiguó fue la ubicación de la tienda de chucherías (algo fundamental cuando uno llega a un sitio nuevo). Después, la lista de los profesores amables y de los que tenían malas pulgas (importante de cara a los exámenes). Y por último un buen sitio donde patinar a su antojo.

Por la calidad de las respuestas, Lucas se dio cuenta de que en aquel pueblo los chicos no eran muy distintos a los de cualquier otra parte. Parecían fáciles de tratar.

Al día siguiente, sin embargo, Lucas había preferido la discreción. Necesitaba estar solo para pensar. Meditar un modo de convencer a su padre para que le dejara el reloj y, tal vez, de paso, que le contara por qué todos estaban en esa situación. El único problema era que su padre no era tan impresionable como aquellos chicos. Ni con mil piruetas conseguiría que Lorenzo soltara prenda.

Lucas meneó la cabeza y serpenteó por el aparcamiento en dirección a casa. Le gustaba la tranquilidad de ese lugar. Todo estaba perfectamente colocado. Como si en verdad fuera la maqueta de un pueblo, hecha a medida. Por eso, cuando oyó la voz de Laura chirriando en mitad del aparcamiento, se dio cuenta de que aquel comportamiento no pegaba allí para nada.

Supondrás que Lucas aún no tenía ni idea de quién era Laura. Nuestro amigo había tenido la suerte de no estar incluido en la Hermandad de Niños Laboriosos, así que en aquel momento el aspecto de esa mujer no le decía nada.

Lucas vio cómo la jefa de la Hermandad graznaba a un hombre con una gorra roja. Y, aunque ambos estaban lejos, al otro lado del aparcamiento, era fácil escuchar lo que decían (bueno, más bien lo que decía Laura). Para ser sinceros, la única a la que se le oía era a ella:

—¡Espero que no se le ocurra llevarse a los niños sin mi consentimiento!

—... fafufa... fifififi*.

(*Su interlocutor de la gorra hablaba, sí, solo que bastante más bajito. Y era imposible entender una palabra. He procurado transcribirte lo poco que Lucas entendió de sus intervenciones. Que fue más bien nada).

—¡Me da igual! —chilló Laura—. Cecilia es demasiado lista.

—¿... fafufa... fefefé...?

—¡Sí! Por eso creo que hay que ponerse manos a la obra.

Aquel tono tenía pinta de absoluta conspiración, aunque Lucas no le dio mucha importancia. Solo había oído la mitad de la conversación y no era justo juzgar sin tener todos los datos. Supuso que aquello no sería más que una estúpida riña entre profesores (a esas alturas Lucas ya sabía que los adultos también se pelean). Así que volvió a subirse a su monopatín y se fue directo para casa.

* * *

—¡Ya lo tengo! ¡Ya sé cuál es el problema de este pueblo! —exclamó Norma cuando Lucas entró en el comedor.

Quiero detenerme de nuevo porque creo conveniente aclararte otra cosa más. Como supondrás, todos los F. habían sobrevivido como habían podido a sus primeros días. Te he contado algunas cosas, pero otras no. Por ejemplo: Lorenzo había aprendido que las nectarinas son una mezcla de melocotones y ciruelas, Maya había alucinado bastante al ver que en ese pueblo había un club de astronomía (pero sin plazas hasta el año siguiente), y Ginebra se había aburrido como una ostra (menos cuando se encerraba en su cuarto con sus asuntos privados). Podría haberme extendido contándote todas esas vivencias, pero es que nada de eso es relevante para este libro. A estas alturas ya habrás adivinado que lo que más nos interesa es lo relacionado con Norma y Fiona. Ya verás por qué. Tú confía en la historia.

Pero a lo que íbamos... Te decía que en esos momentos Norma estaba como loca explicando sus conclusiones a la familia. La idea había crecido tanto en su barriga que necesitaba salir y expandirse hacia más personas. Lucas, por su parte, había entrado por la puerta y se había encontrado al resto de los F. haciendo batallón familiar. Todos estaban sentados alrededor de la mesa de la cocina.

El batallón familiar no era muy habitual en la familia F. De hecho, solo se celebraba en tres supuestos: cuando había una crisis grave (como la ocurrida hacía unos días antes de salir huyendo), cuando había riesgo de infección (generalmente porque uno de los hermanos se había puesto malo) o cuando Norma tenía una idea revolucionaria y necesitaba contrastarla.

—He necesitado dos días para darme cuenta. —Norma habló una vez que Lucas tomó asiento—. Pero creo que sé dónde falla todo y cómo resolverlo.

Ginebra miró a su yerno, que miró a sus hijos y que, a su vez, se miraron entre ellos.

—¡El problema es la suciedad! —continuó Norma—. Este pueblo es demasiado impoluto. ¡Nadie se mancha!

La mayoría de los F. levantó una de sus cejas sin entender la relación entre la pulcritud del pueblo y el trabajo de Norma en la tintorería. Aunque dejaron que se explicara.

—¡Vamos a manchar a la gente del pueblo! —exclamó ella—. Así todos tendrán que limpiar la ropa por obligación y vendrán a la tintorería.

—¡Eh! ¡Eso me gusta! —exclamó Lucas—. ¿Cómo vas a hacerlo?

—Eso —añadió Maya—. ¿Les lanzarás botes de pintura?

—¡No! —exclamó Norma—. Haré cupones de descuento.

Las caras de Lucas y Maya se desinflaron casi al instante. ¿Qué clase de idea revolucionaria era esa? Lo de los botes de pintura parecía más divertido que cualquier otra cosa.

—He hablado con la pastelería de enfrente —se explicó Norma—. Como ellos también están interesados, nos haremos descuento mutuamente. Así que, si un cliente compra sus bollos rellenos, después podrá tener un descuento en nuestra tintorería. Y nosotros haremos

lo mismo: con un servicio de lavado ofertaremos los bollos a mitad de precio. ¡Es perfecto!

—¿Descuento en bollos rellenos? —preguntó Maya.

—¡Sí! Son los que menos se venden y en la pastelería quieren promocionarlos.

—No sé, Norma... —insistió Lorenzo—. No consigo verlo.

—¡Yo sí! —intervino Lucas—. ¡Los conozco! Manchan una barbaridad. En mi clase uno lo trajo y se puso perdido de salsa de arándanos.

—Tal vez por eso tengan tan poco éxito... —murmuró Ginebra.

Norma ya había llegado a esa conclusión. Había podido verlo con sus propios ojos. La mancha del señor calvo le había dado la clave.

—Todo cambiará con el descuento —añadió—. Cuando a la gente le das cupones se vuelve loca por usarlos. Aunque no necesiten el producto. Les gusta aprovecharse de la oferta. Además, si compran esos bollos, la mayoría se manchará y entonces ¡vendrán a limpiar la ropa!

—¿Y crees que con eso será suficiente? —preguntó Lorenzo.

—¿A qué te refieres? —dijo Norma.

—Pues a la tintorería. ¿Crees que con los cupones conseguirás clientes suficientes?

—No, cariño. Eso es solo el principio.

Norma entregó una libreta a cada uno de sus hijos.

—Aquí es donde entráis vosotros. A partir de ahora quiero que apuntéis todo lo que se os ocurra. Carreras de barro, batallas de pintura... Cualquier cosa sucia y desastrada. Cualquier idea, por salvaje que parezca, que haga que la gente se manche la ropa.

A Maya y a Lucas se les iluminó de nuevo la cara. Resultaba que aquello sí iba a ser divertido. Fiona dijo que pasaba. Bastante tenía con coser los dichosos ositos como para meterse en otra de las campañas de promoción de su madre. Lucas, sin embargo, estaba encantado. Tenía tantas ideas para manchar a la gente que no sabía cuál apuntar primero.

Norma explicó el plan de acción:

—Vamos a organizar una gran fiesta. Un acto de reinauguración. Y para celebrarlo incluiremos todas esas cosas. Será mi gran apuesta. Mi idea para reflotar ese negocio.

—Pero, cariño, ¿estás segura?

—¡Claro! Lo veo cristalino. Perfecto en mi cabeza.

—Pero necesitarás ayuda...

—Por supuesto —asintió Norma—. Chicos, ¿queréis ganaros un dinero extra?

* * *

El señor Bodel puso la misma cara que se pone cuando te hablan en arameo antiguo (siempre que no entiendas arameo ni vivas en la Antigüedad). Al día siguiente era sábado, y Norma había llegado a la tintorería acompañada por Maya y Fiona. Maya había sido nombrada automáticamente asistente de la Operación Dálmata (nombre en clave ideado por Lucas) y caminaba muy cerca de su madre con una carpeta que a Fiona le recordaba a la de la Agente Z. Era evidente que Maya intentaba parecerse a ella.

Una vez allí, Norma había expuesto su idea y un silencio eterno se había adueñado del aire que respiraban tanto Bujía como el señor Bodel. El objetivo había sido convencer al tintorero de que aquella campaña era lo que su negocio requería. Y, aunque el señor Bodel al principio puso una cara como de necesitar traductor, al ver el entusiasmo de Norma, acabó por ceder.

—Bueno, haz lo que quieras. Si eso te entretiene...

Norma guiñó un ojo a Maya y a Fiona. Lo habían conseguido. El siguiente paso era espabilar a Bujía, que seguía embobado intentando comprender lo de los cupones. Después las tres se dirigieron a la pastelería. Solo quedaba cerrar los detalles de la promoción.

Cuando Fiona atravesó la puerta del establecimiento, un aroma a bollo recién horneado la dejó igual de atontada que a Bujía. El pastelero se alegró de verlas por allí y, mientras debatía el diseño de los vales descuento con Norma, alargó dos bollitos rellenos a Maya y a Fiona para que pudieran comérselos.

Aquel sábado no podía empezar mejor. Tenía toda la pinta de convertirse en un *día estrella*. Fiona sonrió satisfecha, aunque al fondo de la tienda descubrió a Dolores, que también había ido a la pastelería acompañada por su padre. Los dos guardaban la fila muy atentos esperando su turno.

Después Fiona se concentró en su bollito, y cuando supo que nadie podía interrumpirla preparó los carrillos ansiosa por morderlo. Lo hubiera hecho de

inmediato, y estaba casi en ello, cuando una voz proveniente de la trastienda la interrumpió en mitad de la acción:

—¡Ten cuidado! Esos bollos manchan muchísimo. Será mejor que uses esto.

Max acababa de aparecer desde la trastienda y en aquellos momentos le alargaba una servilleta. Fiona se reprendió a sí misma por no haberse acordado de que Max se alojaba con los pasteleros. Era el tipo de cosas que se saben de los amigos.

Fiona agarró la servilleta y dio su primer mordisco, que saboreó con placer.

—¿Estás aquí todos los sábados? —dijo con la boca todavía llena.

—Bueno, en realidad este es mi primer sábado aquí —respondió Max—. He venido porque no se me ocurre otra cosa que hacer. Y así acompaño a mi madre.

Max señaló a una de las dependientas atareadas; una mujer pequeña y gordita de apariencia encantadora. Al verla, Fiona pensó que no habría hecho falta que Max la señalara. Los dos eran como dos gotas de agua.

—Yo también he venido con la mía —respondió Fiona tras señalar a la entusiasmada jefa de marketing que se había apoderado del cuerpo de su madre.

—Sí, ya me he enterado de lo de los cupones. Me parece una idea fantástica.

Fiona sonrió. Le gustó que Max apreciara el trabajo de su madre. Aunque cerró la boca cuando percibió que Dolores se acercaba a ellos.

—Hola, Fiona. —La niña costurera habló con una sonrisa demasiado parecida a la de los dientes-perla de Laura.

Al ver que Dolores ni siquiera le había saludado, Max optó por despedirse. Retiró una bandeja de pasteles vacía y desapareció en el interior de la trastienda.

—Deberías tener cuidado —advirtió Dolores—. Me han dicho unas cosas muy fuertes de ese niño.

—¿A qué te refieres?

—¿No te has enterado? Lo sabe todo el pueblo.

Fiona no podía creer que Dolores fuera capaz de hablar tanto. Desde que la conocía había permanecido siempre callada. Al parecer, fuera de la Hermandad, era todo lo contrario.

—Se dice que el padre de ese tal Max está en la cárcel y que él tiene cinco tatuajes.

—¿Cinco tatuajes? —exclamó Fiona—. Qué extraño. Yo no he visto ninguno.

—Seguro que los lleva tapados —sugirió Dolores—. Pero no se queda ahí la cosa. ¿Ves a su madre? Dicen que no es su madre de verdad. Y que robaba bancos. Aunque al parecer nadie pudo demostrarlo.

Fiona estaba impactada. Aquella imagen de Max no coincidía con la que ella tenía. Aunque tal vez estuviera relacionado con que su nuevo amigo fuera tan reservado. Aun así sintió que tenía que salir en su defensa.

—Eso no es verdad —replicó.

—¿Ah, no? Mi madre lo ha oído en el mercado. Y allí todo el mundo se entera de todo. Dice que tu amigo es muy conflictivo y que no deberíamos juntarnos con él.

—¡Cállate!

—Tranquila —le frenó Dolores—. No te enfades. Si te digo todo esto, es por tu bien.

—Pues por tu bien deberías callarte. Max no ha hecho nada. Es mi amigo y se acabó.

Fiona estaba furiosa. ¿Por qué Dolores se metía con Max? Ni siquiera había intercambiado media frase con él. Quería chillar a esa niña chismosa y tirarle de todos los bucles del pelo, pero estaba paralizada. Norma y Maya se acercaron a ellas justo en ese mismo momento.

—Fiona, tenemos que marcharnos —anunció Norma—. ¿Has dado las gracias por el bollo?

—Sí. No te preocupes.

—Muy bien. Ya sabes: «Los buenos días y las gracias no se le niegan a nadie».

Fiona puso los ojos en blanco, harta de los refrancitos de su madre.

Supongo que tú también lo entiendes. Cuando los padres se ponen pesados siempre se las apañan para hacerlo en el peor momento. Es que no pueden remediarlo.

* * *

Imagina el enfado más grande que hayas tenido en tu vida. ¿Lo tienes? Perfecto. Ahora multiplícalo por cien y podrás imaginarte el de Fiona.

Nuestra amiga estaba furiosa por muchas razones. En primer lugar, por las palabras de Dolores: no entendía que esa odiosa niña se hubiera creído tantas mentiras. Aquella conversación le había estropeado lo que quedaba de sábado. Acababa de jorobarle el posible *día estrella*.

Fiona también estaba enfadada porque Dolores se hubiera dedicado a esparcir el engaño. Si hay algo peor que creerse un rumor falso es, sin duda, colaborar en la mentira. Para Fiona eso era similar a la alta traición. Pero lo que más le enfadaba, lo que jamás podría perdonar a Dolores, era que por su culpa había dudado de Max.

A veces pasa que cuando una conversación te afecta mucho, tanto que incluso te corta la respiración, tu cabeza la sigue recordando una y otra vez. No te preocupes, es algo frecuente. Según dicen los expertos, tu cerebro necesita asimilar los recuerdos y los rememora frase a frase. Y eso es precisamente lo que le pasó a Fiona durante el resto del día. Incluso cuando ya estaba en la cama, intentando dormirse, seguía recordando a Dolores y sus morritos brillantes repitiendo cada frase: «Yo solo te digo que, si la gente habla, seguro que es porque hay algo de verdad».

Lo había dicho. Claro que lo había dicho. Fiona era incapaz de recordar en qué momento de la conversación, pero Dolores le había sembrado la sombra de la duda. Y eso era algo que no le podría perdonar.

Le habría gustado explicarle todo lo positivo que había visto en Max. La lista entera de cosas *estrella*. Pero eso también suele suceder cuando la conversación ya ha terminado de sobra. Cuando te paras a pensar en todas esas frases y en lo que te gustaría haber dicho y no dijiste, aunque ya es demasiado tarde.

Fiona le habría recordado a Dolores todo lo que Max hacía bien: coser superrápido, echarle una mano con los osos o incluso acercarle una servilleta para evitar que se manchara. Aunque también sabía que la opinión de Dolores seguiría siendo la misma por mucho que Fiona se encargara de desmentirlo. Continuaría esparciendo su mentira con sus mofletes de marisabidilla, creyéndose la costurera más rápida de la clase.

Fiona intentó conciliar el sueño, pero, por mucho que procuraba dejar la mente en blanco, le fue imposible. Permaneció así un par de horas, buscando recuerdos buenos para apartar la dichosa cara de Dolores, que se empeñaba en repetir frases odiosas una y otra vez.

Casi había conseguido quedarse dormida cuando el problema pareció trasladarse a otro lado de la casa. Un grito proveniente del dormitorio de sus padres la sobresaltó. Se trataba de su padre. Y todo apuntaba a pesadilla.

—Tranquilo, Lorenzo... Solo ha sido un mal sueño —oyó decir a su madre.

Fiona escuchó cómo Lorenzo volvía al mundo real y su respiración se iba tranquilizando. La luz de la lamparita se encendió y proyectó un ángulo deforme en el pasillo. El edredón crujió y Fiona supo que su madre acababa de incorporarse.

—Tienes que calmarte, Lorenzo. Estamos bien. No va a pasarnos nada.

—¿Estás segura? —respondió él—. Me siento tan responsable...

—Sabes que no puedes hacer nada de momento —insistió ella—. Y aquí estamos seguros. Deja que pase el tiempo.

—Ojalá fuera capaz de recordar...

¿Recordar? ¿Qué era lo que su padre había olvidado? Fiona acababa de confirmar que, en efecto, el tema de la huida no era un juego. Hay veces que los mayores te advierten de cosas y la verdad es que se ponen pesadísimos. Da la sensación de que se preocupan en exceso. Sin embargo, en aquel momento en el que Fiona escuchó hablar a su padre, comprendió que todo iba muy en serio. De repente sintió miedo de que Lorenzo se pusiera enfermo. O de que tanto estrés le fuera a pasar factura. Fue como si alguien acabara de introducirla, de repente, en el mundo de los mayores.

—Sabes que eso no depende de ti —respondió Norma—. Tú no tienes la culpa.

—¿Y de quién es, entonces? —protestó Lorenzo—. Es mi cerebro. ¡La memoria está aquí dentro!

—De nada sirve que te presiones. Ya oíste al médico: hay que esperar. Y la Agencia nos protege. Así que no lo pienses más y vuelve a dormirte.

Norma apagó la lamparita y el dormitorio retomó la calma.

Fiona volvió a recostarse y se agarró con fuerza a la sábana. Estaba claro que su padre no había exagerado, aunque también se sentía muy impotente por no saber los detalles. Entendía que Lorenzo quisiera protegerla, pero puede que todo ese silencio fuera un error. A veces sería genial que los hijos contaran igual que los mayores. No estaría mal que los padres se dejaran consolar un poco.

CAPÍTULO 5

No sé si eres de esos niños que están deseando que llegue el fin de semana o si, por el contrario, eres de los que se lo pasan genial en el colegio. No pongas esa cara, te aseguro que los hay de las dos clases (y pertenecer a cada uno de los grupos es perfectamente válido).

Fiona, como habrás adivinado, pertenecía al grupo de los que prefería el fin de semana ante todas las cosas. Sobre todo, en ese momento, en el que las clases de la Hermandad de Niños Laboriosos le parecían una auténtica tortura. Por eso pensó que si el sábado no había sido un *día estrella* tal vez el domingo todo fuera distinto.

Aquella mañana, su padre se había levantado con la idea de comer en el campo. Con aquel día tan bueno era una pena desaprovecharlo, pero Fiona sabía perfectamente que el motivo no era otro que intentar animarse.

Por mucho que Lorenzo disimulara, ella no era tan fácil de engañar como el resto.

Lo bueno fue que la idea surtió su efecto. Al escuchar la sugerencia, Norma la apoyó al instante, así que Lorenzo anunció que prepararía una comida para chuparse los dedos. Fue como si los F. supieran que necesitaban aquel día libre. Todos estaban preparando lo que iban a llevarse a la excursión cuando alguien llamó a la puerta.

Nada más oír el timbre, el rostro de Lorenzo se desencajó. Soltó la sartén sobre la encimera y todos guardaron silencio.

Parecía extraño que, sin apenas conocer a nadie en aquel pueblo, alguien llamara a la puerta un domingo tan temprano. Cada uno de los F. miró al resto sin saber cómo reaccionar, hasta que Ginebra decidió hacerse cargo de la situación.

—Vamos a abrir la puerta. Lorenzo, escóndete.

Sí, ya sé que en este momento te gustaría saber lo que Lorenzo estaba pensando. Y realmente es algo similar a lo que te imaginas. No te impacientes. Vamos a ello. Después de las pesadillas que había tenido, Lorenzo temía que cualquier cosa horrible pudiera pasar.

Pero, a pesar de ello, se había hecho el firme propósito de guardar la calma. Mientras todos buscaban con desesperación un lugar en el que ocultarle, Lorenzo pronto llegó a la conclusión más lógica: encerrarse en el baño. Allí podría estar oculto un tiempo si algo malo sucedía, y según cómo fueran las cosas intentaría poner en marcha el reloj.

Lucas advirtió a su padre que si oía cosas raras mientras estaba encerrado no dudara en pulsarlo. O si no que, ya puestos, se lo diera a él directamente. Lorenzo le chistó para que se callara. Fue corriendo a esconderse y, cuando todos estuvieron listos, Ginebra fue a abrir la puerta.

Aquella visita era muy insistente. A esas alturas había llamado ya tres veces. Y cuando Ginebra le hizo pasar, habló cordialmente:

—Menos mal. Ya estaba preocupándome. —Un hombre muy alto y con gorra de operario se adentró en la casa—. Me mandan de la AAA. Soy Épsilon, el auxiliar de apoyo. Encantado.

* * *

Nada más escuchar aquellas palabras, Fiona supo que la excursión podía darse por suspendida. Adiós al plan del día libre. Buena suerte con la idea de adornar el domingo.

La abuela, por su parte, hizo pasar al recién llegado.

—Perdonen la insistencia —se disculpó el hombre—, pero he comprobado que la casa era correcta y no entendía nada. Ya estaba volviéndome loco.

—¿Que lo ha comprobado? —preguntó Lucas—. ¿Cómo?

—Pues por la marca de la vivienda. ¿No la habéis visto? Creía que la Agente Z os la habría enseñado.

Épsilon sacó de su bolsillo un boli similar al que había utilizado la Agente Z y proyectó un haz de luz ultravioleta sobre la puerta de entrada. De inmediato, el logo de la AAA resurgió con una especie de fosforescencia.

—Todos los pisos francos están marcados —añadió Épsilon—. Es un modo de asegurarnos de que no hay errores.

Lucas abrió muchísimo la boca. Y Fiona también. Casi tanto como su hermano. Ginebra, por su parte, decidió cerrar la puerta. Hizo entrar de una vez al hombre y pasó al interrogatorio, deseosa por descubrir el motivo de su visita.

—¿Qué le trae por aquí, señor...?

—Épsilon, Auxiliar Épsilon. Ya sabe, como la letra griega. —El hombre rio usando sus fosas nasales. Como si fuera un caballo y estuviera relinchando.

En condiciones normales, Lucas y Fiona se habrían carcajeado al escuchar un modo de reír tan peculiar, pero en aquel momento nadie estaba para bromas. Ninguno de los F. podía disimular su ansiedad. Sobre todo, cuando el auxiliar tomó asiento y se concentró en revisar la documentación que llevaba consigo.

—Auxiliar Épsilon, ¿necesita alguna cosa? —insistió Norma al cabo de unos segundos.

El hombre siguió sin contestar. Tuvieron que pasar otros cuantos segundos (que acumulados a los anteriores ya eran demasiados) antes de que Maya decidiera intervenir de un modo menos diplomático.

—Oiga, señor. Hable de una vez: ¿estamos o no estamos en peligro?

El auxiliar miró a la chica con cierta sorpresa y tras sacar de la carpeta una hoja que parecía bastante oficial masculló al fin unas palabras:

—Oh, no. Vengo por la petición urgente.

—¿Qué petición urgente? —preguntó Ginebra.

—¡Pues la de las goteras! ¿No necesitaban un servicio de mantenimiento? En el expediente lo marcaron como urgentísimo. Espero que no hayan sufrido muchas molestias.

Seguía revisando la hoja. Mientras tanto, todos los F. suspiraron aliviados (no exactamente al mismo tiempo, pero casi a la vez). Al ver que por fin podían bajar la guardia, Maya fue a buscar a Lorenzo (que también había dado su propio suspiro solo que encerrado en el baño).

—Déjenme ver... —mascullό Épsilon—. Sí. La lista describe un buen número de reparaciones. Me da que tendremos para todo el día.

Fiona dedujo que lo siguiente que iba a suceder era que Norma suspendería la excursión y, de hecho, así fue en un principio. Sin embargo, Lorenzo no estuvo muy de acuerdo.

—No pasa nada por que el auxiliar trabaje mientras nosotros estamos fuera, ¿verdad? —sugirió taladrando con su mirada al hombre—. Realmente es cosa de la Agencia y él puede apañárselas solo.

El Auxiliar Épsilon le dio la razón y dijo que no los necesitaba para nada. Tras repasar la lista de reparaciones de arriba abajo, no vio inconveniente en cuidar de la casa mientras ellos estaban de excursión. Fue a buscar una escalera a su furgoneta y decidió comenzar por la lámpara de la entrada. Al verlo, Fiona supo que aquella era su oportunidad. Aquel agente, o auxiliar o como quiera que se catalogara, representaba la única opción para recuperar sus cosas.

—Oiga —preguntó cuando el hombre ya estaba subido a la escalera—, ¿usted podría hablar con alguien de la Agencia?

—Bueno, técnicamente, yo soy parte de la Agencia —respondió él—. Los represento en cierta manera.

—Ah. Está bien. Pues entonces deseo hacer una reclamación.

El Auxiliar Épsilon dejó de mirar al techo y dirigió la mirada hacia Fiona. Estaba claro que le prestaba toda su atención.

—Verá, es que quiero poner una queja. Me han quitado todas mis cosas y solo me permiten llevar esta ropa. ¿A usted le parece bien?

El Auxiliar Épsilon se echó a reír, cosa que a Fiona no le hizo ninguna gracia.

—Lo de la ropa era necesario. Ya habrás visto que en este pueblo todo el mundo se viste así.

—¡Pero yo no soy todo el mundo! —protestó Fiona—. Exijo mi ropa. La quiero. Y si no puedo ir con ella a todas partes al menos quiero guardarla dentro de casa. ¡Estoy
 en mi derecho!

El hombre sonrió. Parecía guardar la calma todo el rato, cosa que a Fiona sí que le gustó.

—Supongo que la Agente Z te explicó que no debéis correr ningún riesgo. La organización que persigue a tu padre es peligrosa.

—Los dichosos Mandíbula, sí. Ya estoy enterada.

—No te lo tomes a broma. —El Auxiliar Épsilon se puso un poco serio—. Mandíbula tiene ojos por todos lados. Funciona como una red y expande sus tentáculos por todo el mundo. Cualquier detalle sin importancia puede despertar sus alertas. Y te aseguro que eso sería malo.

Sí, lo sabía de sobra. Había tenido un verdadero recordatorio aquella madrugada, por no hablar de que la

Agente Z se había encargado de remarcárselo una y otra vez cuando fue a informarlos. Aunque hubiera sido todo un detalle que también le hubiera contado el problemilla de memoria que tenía su padre.

—No estoy autorizado a contarte nada —respondió el auxiliar cuando Fiona preguntó, de nuevo, por el tema—. Debes confiar en la Agencia y en tus padres.

Menuda novedad. Fiona ya estaba cansada. Lo único que había puesto en claro era:

1. Que Mandíbula era peligrosa.
2. Que no había que confiarse.
3. Que su padre tenía pesadillas.
4. Que había algo que Lorenzo no conseguía recordar.
5. Que seguía sin sus cosas.

El Auxiliar Épsilon ya había vuelto a su lámpara, por lo que a esas alturas poco más se podría sonsacar. Así que Fiona decidió concentrarse en lo práctico:

—Bueno, qué hay de mi ropa —insistió—. No creo que por una camiseta vaya a pasar nada. Hable con alguien. No sé, dígaselo a su jefe.

Épsilon bajó de nuevo la cabeza. La paciencia de aquel hombre era digna de un ascenso. Tal vez Fiona lo recomendara si acababa portándose bien.

—Su caso está asignado a la Agente Z —explicó Épsilon—. Ella es la máxima autoridad.

—Pues hable con ella —sugirió Fiona—. Si lo consigue, le prometo que no volveré a darle ningún problema. No me oirá quejarme jamás.

El rostro de Fiona era de absoluta súplica y, al verlo, el Auxiliar Épsilon se echó a reír otra vez.

—Está bien. Veré qué puedo hacer.

Y volvió como si nada a su lámpara.

* * *

Aquel día Fiona decidió hacer caso a sus padres y optó por preocuparse de las cosas habituales, esas por las que se preocupan el resto de los niños. Como pudo conseguirlo, el resultado fue que todos los momentos fueron estupendos.

Desde que Lucas encontró el árbol que daba la mejor sombra hasta lo divertido que fue ver a Ginebra participar

en el concurso de volteretas, todo había sido tan fantástico que ninguno se había acordado de los malos días que habían pasado.

Ni siquiera cuando regresaron, ya de noche, y Fiona, al despertar, notó su cara pegada al cristal, dudó de que aquel domingo hubiera sido el mejor de todos.

Cada una de las horas de aquel día habían sido perfectas pero, cuando llegó junto a su cama, muerta de sueño, y levantó la almohada para ponerse el pijama, notó cómo se sumaba un punto extra.

El Auxiliar Épsilon, aquel señor calmado que se había encargado de las reparaciones, le había demostrado ser también muy bueno en su trabajo. Tan rápido y tan eficiente como para haber conseguido su camiseta favorita, la de la margarita, que en aquel momento le decía «Bienvenida a casa» bien doblada bajo la almohada.

Al verla, Fiona notó cómo el sueño se le iba de golpe.

Agarró la camiseta y se la llevó a la cara y, como aquel gesto tampoco fue suficiente, decidió saltar de alegría. La prenda estaba perfecta y olía a limpio. Era un trofeo que había llegado directo del pasado y que le permitía no olvidarse de la antigua Fiona.

La niña miró a través de la ventana. Necesitaba dar a alguien las gracias. Pero, como la furgoneta del Auxiliar Épsilon ya se había marchado, no le quedó otra que lanzarlas al universo estrellado.

Estiró los brazos para admirar la camiseta. Al sostenerla, supo que debía ser responsable y actuar en consecuencia. Guardaría la camiseta y no diría nada. Se lo había prometido al Auxiliar Épsilon. Al fin y al cabo, él había puesto el broche final a aquel domingo estupendo. No había duda. Lo había convertido en todo un *día estrella*.

* * *

Al día siguiente era lunes, y bien es sabido que, para los niños que prefieren el sábado y el domingo, el lunes es el peor día de la semana.

A Lucas los días le daban un poco igual, así que empleó el camino al colegio en pensar en las diez razones por las que un monopatín es mejor que una bici. Ya había deducido unas siete durante aquellos días, pero aún seguía atascado con las tres restantes.

Después de dedicar un rato a ese pensamiento, Lucas se acordó del asunto de la excursión anual. Su profesor les había explicado que aquella salida era un encuentro muy especial para el colegio. Solían pasar el día en el lago cercano y todos lo disfrutaban mucho. Lo mismo aquel lunes se enteraba un poco mejor del asunto.

Fiona, sin embargo, no podría disfrutar de la excursión, ya que era una de las *voluntarias* de la Hermandad. Como sabéis, Laura lo había prohibido. Y en condiciones normales Fiona habría luchado por hacerse la enferma para ver si así podía quedarse en casa. Pero aquel lunes no era un lunes normal, pues en su cabeza solo había lugar para una cosa: su camiseta.

Aquella mañana, mientras se aburría haciendo las multiplicaciones, cuando no pudieron salir al patio debido a un chaparrón considerable, incluso cuando alguien les informó de que la profesora Cecilia se había mudado de repente, en todos esos momentos, el recuerdo del suavizante, el olor a limpio de la camiseta de la margarita, consiguió mantenerla atada a todo lo bueno del día anterior.

La huida de Cecilia le pareció muy extraña. La profesora se había despedido como si tal cosa el pasado viernes. Nada hacía creer que faltaría a clase la siguiente semana. Sin embargo, y a pesar de que aquella información le pareció muy inesperada, el aroma de la camiseta había permanecido flotando en su cerebro. Continuó ahí hasta en el dichoso gimnasio, incluso cuando Laura atravesó la puerta y les explicó que tenían que rellenar cada muñeco con algo parecido a algodón. La tarea era tan fácil que Fiona casi lloró de la emoción. Parecía que su vida en aquel dichoso pueblo mejoraba un poco.

—Después de haberlo rellenado podréis coserle los ojos y bordarle la boca. Y luego solo debéis dedicaros a hacer más peluches. ¡Entonces empezará la verdadera competición!

Aquello era casi como darles el día libre. Hasta Max parecía contento. Y, a pesar de que Dolores continuaba sentada junto a ella, Fiona había decidido olvidar sus comentarios del sábado en la pastelería y concentrarse en la tarea. Estaban todos trabajando, rellena que te rellena, cuando de pronto la voz de Laura llegó a modo de un proyectil e irrumpió como un obús en la mesa.

—Max, levántate ahora mismo y suelta tu muñeco.

Su amigo estaba tan sorprendido como el resto de los voluntarios, que siguieron con los ojos pegados a su oso y las orejas desplegadas por lo que decía Laura.

—He dicho que te levantes, Max. ¿Acaso no me has oído?

Fiona dejó de rellenar su oso. Aquellos modos no eran muy agradables.

—¡Eh, un momento! —exclamó—. ¿Qué es lo que ha hecho?

—¡Silencio! —Los ojos de Laura parecían dos ametralladoras en busca de un objetivo—. Si yo doy una orden en este gimnasio, nadie abre la boca. ¡Diez puntos menos!

Señalaba con su uña-bisturí dispuesta a cualquier locura y Fiona recibió aquello como una afrenta personal. ¿Qué se había creído esa señora? No podía ir por ahí gritando, señalando y quitando puntos a la gente. Y menos a alguien tan bueno como Max. Si Fiona tenía de verdad un compañero, alguien que pudiera entenderla mínimamente, ese, sin duda, era su nuevo amigo. No podía conformarse con aquellas maneras.

Pero no hubo mucho que hacer. Laura se llevó a Max fuera del gimnasio y todo se tiñó de incógnita.

Fiona detuvo el proceso de rellenado, incapaz de creer lo que había sucedido. Aunque pudo adivinarlo casi al instante. Por la sonrisilla que se gastaba, todo apuntaba a que había sido cosa de Dolores. Seguro que aquella dichosa niña había sido la culpable. Acababa de cubrir de peste el olor a suavizante.

—Laura me ha obligado a coser aparte hasta nueva orden —explicó Max cuando acabó la sesión de costura—. Me ha advertido que no debo coser los muñecos de nadie y que no debo entretenerme.

—¿Y cómo sabe que has cosido otros muñe...?

Fiona se dio cuenta enseguida. La dichosa Dolores. No habría podido evitar ir a Laura con el cuento. Sin duda para ganarse algunos puntos extra que la catapultaran en la competición. Así de chismosa era.

A Fiona le daba apuro decirle a Max que probablemente Dolores había contado otras cosas más indeseables. Pero fue el propio Max el que, por una vez, habló claramente.

—Si esa Laura cree que por esto voy a coser más rápido, está muy equivocada.

—Te ha tratado fatal —apoyó Fiona—. Mira lo mal que se portó con Cecilia y por su culpa ahora ella se ha marchado.

—Sí, es extraño... —murmuró Max.

Fiona sabía que esa desaparición repentina tenía que deberse a algún motivo. Pero en aquel colegio nadie atendía a las preguntas de los niños. Habría sido imposible enterarse del porqué.

—Parece que tiene que tratar mal a todo el mundo —comentó Fiona con Laura aún en la cabeza—. Es una estúpida.

—Y una mentirosa —añadió Max—. Sé que los muñecos no van a parar al hospital.

—¿De verdad?

Max asintió. Aunque fue prudente. No dijo nada más hasta que estuvieron lejos del recinto, cuando los dos caminaban por la calle y no parecía haber nadie escuchándolos.

Fiona pensó que tal vez criticar a Laura por aquel pueblo también entraba dentro del grupo de cosas *peligrosas*. Aunque no fueran exactamente del mismo tipo. En cambio, a Max no parecía importarle.

—El otro día vi en el canal de noticias locales que el Hospital Infantil está cerrado por reformas. Y tampoco parece que vayan a abrirlo próximamente.

—¿Ves las noticias locales? —exclamó Fiona, extrañada de que Max se entretuviera con el televisor.

—Sí. Es lo único que se puede hacer en este pueblo.

Max también le contó que había echado una ojeada al almacén cuando estaba castigado y había descubierto que los ositos terminados habían desaparecido. El día anterior, Dolores y otra niña superrápida se desmarcaron y acabaron algunas unidades, Laura las había obligado a almacenarlos en una caja que, en teoría, estaba destinada al Hospital Infantil. Pero Max había podido ver que no quedaba ni el menor rastro de ella.

—¿Adónde irán a parar? —se preguntó Fiona—. ¿Qué hará con ellos?

—No tengo ni idea —respondió Max—. Ya te digo que es imposible que vayan al hospital.

Fiona ya estaba cansada. De callarse, de vestirse como le indicaban y de permitir que las cosas injustas y sospechosas camparan a sus anchas.

—Me parece que va siendo hora de que alguien lo investigue —sugirió tras una pausa—. Vamos a averiguar qué trama esa dichosa Laura.

* * *

Aquella misma mañana, casi al mismo tiempo que Fiona se enteraba de que Cecilia no regresaría al colegio, Lorenzo recibió una petición importante de su jefe. Como aquellos días el trabajo de Lorenzo con las hojas y el riego había sido excepcional, su jefe pensaba que había llegado el momento de subir de nivel: el abono. Concretamente, debía dedicarse a los rosales que había junto al mercado. Las plantas sufrían muchísimo aquella primavera. La gente cortaba rosas para regalarlas o utilizarlas de adorno y, a pesar de no ser la mejor época, el jefe de Lorenzo consideraba que un poquito de estiércol ayudaría a ahuyentar a los ladrones de flores durante, al menos, una semana. Así lograrían dar un respiro a las pobres plantas.

A pesar de que el estiércol emitía un aroma nada agradable, Lorenzo se sintió feliz al recibir el encargo. Había descubierto que aquello de ser jardinero no se le daba del todo mal. Aunque habría que ver cómo sería la cosa con la llegada del invierno.

Lorenzo extrajo uno de los sacos de estiércol del maletero y se dispuso a fertilizar la tierra. No había llegado aún al tercero de los rosales cuando una conversación ajena le hizo poner la oreja en algo que parecía interesante.

—La han echado —cotilleaba una señora rubia a otra morena camino del mercado—. Me han dicho que el domingo abandonó el pueblo con todas sus cosas.

—No puedo creerlo. ¿Es cierto eso?

—Totalmente.

Lorenzo se dijo a sí mismo que había hecho bien en advertir a sus hijos sobre las cosas privadas que se hablan por la calle (lo que Fiona conocía por *cosas peligrosas*). A veces los charlatanes olvidaban que el resto de los humanos tenían orejas, incluso los que vestían uniforme, como los jardineros.

—Mi hija me ha dicho que su compañero le ha contado que su hermano presenció cierta conversación.

—¿Entre quiénes? —pinchó la segunda cotilla a la primera mujer.

—No estoy segura. Esa Cecilia con otro par de profesoras. Pero creo que todo ha tenido que ver con la excursión del colegio. Esa que hacen todos los años al lago. Al parecer, la han cancelado.

—¿En serio?

—Así es.

La primera mujer asintió. Disfrutaba de tener más in-

formación que la segunda. Se notaba que saboreaba su superioridad.

—Mi cuñado, el del alquiler de coches, me dijo que Cecilia llegó a la tienda muy afectada. Le alquiló una furgoneta para marcharse del pueblo y cargó en ella todas sus cosas.

Lorenzo no tenía ni idea de quién hablaban, ni de qué tienda de coches, ni de qué excursión. Pero sí se dio cuenta de una cosa: en ese pueblo no todo era tan modélico como todos pretendían aparentar. La gente hablaba, y mucho. A veces incluso a plena luz del día. Al parecer, los chismes eran material de primera categoría. Viajaban más rápido incluso que la electricidad.

CAPÍTULO 6

Los días siguientes fueron bastante emocionantes para los F. (y no especialmente por los cotilleos). No pararon de suceder cosas. Ocurrieron tantas que lo mejor es que te haga un pequeño resumen. Si no, este libro sería larguísimo y no habría modo de que yo terminara de escribirlo ni tú de leerlo (supongo que me comprendes).

Lorenzo empezó a disfrutar cada vez más en el trabajo y, como entre riegos y abonos se movía bastante, pronto el mono le quedó más holgado. Fiona estudiaba y cosía por las mañanas e investigaba a Laura por las tardes, mientras que nadie sabía a lo que se dedicaba a hacer Ginebra en todo el día. Lucas era prácticamente el héroe de clase gracias a su monopatín y Maya estaba entregada a su nueva labor como auxiliar de marketing para la tintorería.

Norma también había conseguido adaptarse, ya que su plan fue todo un éxito. La estrategia de los cupones comenzó a dar sus frutos y la gente empezó a comprar bollos rellenos y a mancharse con ellos. El señor Bodel no había visto una afluencia así en su aburrida y relajada vida. Ponía los ojos tan redondos como las bolas de oxígeno activo. Y Norma sonrió encantada de que su plan estratégico hubiera conseguido activar la economía del pueblo.

El que no estaba muy contento era Bujía, que había pasado de ocupar la tarde jugando a las cartas a hacer lavados exprés a mitad de precio. Como la regla de las diez prendas se rebasaba siempre con creces, el señor Bodel no tenía otra que organizar los lavados diariamente.

A pesar de ello, Bujía a veces conseguía escaquearse. Se encerraba con llave en el cuartito trasero con la excusa de que estaba mal de la tripa o de que el olor del detergente le mareaba.

A Norma le habría encantado tener esa dichosa llave para comprobar si lo que Bujía estaba diciendo era verdad. Hubiera sido bastante gracioso pillarle in fraganti mientras vagueaba. Aunque tampoco es que el asunto le quitara el sueño. Prefería marcar los precios en la caja registradora y observar cómo los billetes se acumulaban en cada uno de sus fajos.

La cosa fue tan bien que un día Norma llegó a casa con una noticia impresionante: ¡la habían nombrado empleada del mes! El señor Bodel había decidido que era justo reconocerle el mérito y había sustituido la foto amarillenta de Bujía por otra de Norma, muy sonriente, perfectamente encuadrada.

—¿Qué os parece? —exclamó Lorenzo—. Creo que no hay nada que vuestra madre no sea capaz de conseguir. Debemos estar muy orgullosos.

Todos los F. felicitaron a Norma. Ella, sin embargo, dudaba de cómo iba a sentarle a Bujía. Esperaba que no se sintiera amenazado por todos los cambios (sobre todo el del cartel).

Los días se sucedieron y los preparativos aumentaron. El aspecto de la tintorería cada vez era más lustroso.

—Creo que este color es el que mejor le va —comentó Maya una tarde con el catálogo de pinturas en las manos—. Si queremos tener la pared lista para la reinauguración habrá que darse prisa.

Norma había planeado una serie de reformas para la tintorería. Pretendía dar la mejor imagen. Entre Maya y ella se habían encargado de todo: estanterías nuevas, carteles, una buena mano de pintura…, todo lo necesario para que el local luciera como recién estrenado.

La gran fiesta se celebraría el sábado, pero antes Norma tenía que encargarse de todo el plan de comunicación. Era muy importante promocionar la tintorería y que acudiera gente de toda la región.

Fiona observaba los preparativos en la distancia. Estaba demasiado ocupada con Laura y sus misteriosas tretas. Cuando acababan las clases y todos los niños salían del gimnasio, Max y ella aguardaban para ver qué sucedía con los osos. Pero no había modo de saberlo. Por mucho que investigaron, las maniobras de Laura parecían ocultar cualquier movimiento sospechoso. Abandonaba el gimnasio sola, sin llevar nada con ella. Y, como vivía enfrente de la casa de los panaderos, Fiona y Max se ocupaban de vigilarla muy de cerca. A pesar de seguirla a todas partes, nunca sucedía nada. Laura se iba a la cama y solo volvía al gimnasio a la mañana siguiente. Y lo sabían porque una vez Max se quedó despierto toda una noche vigilando. El día siguiente llegó y, cuando regresaron al almacén, no había ni rastro de los osos del día anterior. Era como si se hubieran volatilizado. Un verdadero misterio.

Todo siguió igual hasta un día en el que Fiona llegó a casa y se encontró con que alguien había encendido el televisor. La abuela y Maya atendían al programa de noticias locales y Norma estaba muy emocionada por el reportaje que habían hecho sobre la tintorería. Al día siguiente sería la reinauguración y la televisión lo estaba anunciando. Había conseguido, ni más ni menos, que promocionaran la fiesta en un informativo regional.

—¡¿Y has dejado que te entrevisten?! —exclamó Fiona alarmada por que los señores Mandíbula, aquellos que se empeñaban en perseguirlos, tuvieran en bandeja el paradero de su madre.

—¡De ninguna manera! —respondió Norma—. Puse la excusa de que me daba mucha vergüenza. Así que el

señor Bodel se encargó de hacerlo. La verdad es que no da mal en cámara. Ha quedado bastante bien.

Fiona estaba de acuerdo. Le hizo ilusión comprobar los logros de su madre cuando la tintorería apareció en la pantalla. Aunque le resultó un poco estúpido ver en la tele a Bujía, que balbuceaba como un tonto sin dejar de tocarse el tupé.

—Lástima que no pudierais hablar vosotras —se lamentó Ginebra—. Seguro que habríais dicho cosas más interesantes.

Norma dijo que bueno, que en otra ocasión. Aquello no sería para siempre. Y el asunto se difuminó cuando el timbre afónico, que había vuelto a estropearse desde que el Auxiliar Épsilon lo arreglara, reclamó toda la atención que hasta entonces había tenido la tele.

—Vaya. ¿Quién será ahora? —protestó Norma, contrariada, pues aún tenía muchos preparativos pendientes para la fiesta del día siguiente.

La respuesta estaba al otro lado de la puerta. ¿Adivinas quién era? No lo acertarías ni en un millón de años. Se trataba de Laura, la jefa de la Hermandad de Niños Laboriosos (o, más bien, lo que se vislumbraba de ella). La mujer había arrastrado a Lucas hasta el porche y ahí estaba, montando un escándalo.

De acuerdo. Error mío. Te dije que debíamos estar más pendientes de lo que sucedía con Norma y Fiona. Quiero decir, con sus historias. Pero tal vez me precipité en mis conclusiones: no debería haber descuidado ciertas cosas de Lucas. Acabo de darme cuenta de que sus tropelías eran importantes. Pero ya te dije que a veces otros personajes luchan por acaparar protagonismo. ¡No es culpa mía!

A ver. Te explicaré lo ocurrido:

Ya sabes que Norma había pedido a Maya y a Lucas que apuntaran ideas sobre cómo manchar a la gente.

Norma en todo momento se refería a ideas que sirvieran para organizar la fiesta, pues el objetivo era montar una reinauguración divertida y que los asistentes probaran después los servicios de la tintorería. El problema fue que Lucas se tomó lo de manchar a la gente al pie de la letra. Había descubierto el saco de estiércol en el maletero de su padre y su ingenio había hecho el resto.

Después de tomar prestadas del saco unas cuantas «deposiciones» y averiguar por sus contactos dónde podía comprar petardos, se había trasladado al parque con la intención de esparcir aquella esencia como si fueran fuegos artificiales. Tras encender algunos petardos, pincharlos en el estiércol y ocultarse tras unos matorrales, dio la dichosa casualidad de que la primera en pasar

había sido Laura. Y la explosión había sido inevitable. Lucas no había podido abortar el plan y el estallido de la caca había aterrizado en la cara de Laura y su vestimenta: la había dejado como un verdadero perro dálmata.

Al ver lo ocurrido, Lucas se había asustado un poco (aunque en el fondo también se había autofelicitado por su buen tiro). El problema fue que lo hizo de manera poco discreta y que la capacidad de Laura para detectar niños insurrectos alcanzaba más de una legua. Apenas tardó diez segundos en localizar a Lucas tras el arbusto, llamarlo gamberro y encaminarse como un proyectil (de los de verdad, no de los de caca) hasta el porche de su casa. Y ahí estaba, dando unas voces que podía escuchar todo el vecindario (justo lo que los F. debían evitar a toda costa, según la Agente Z).

—¡Su hijo es un diablo! —exclamó Laura a todo pulmón una vez que Norma abrió la puerta.

Era fácil pensar que Laura no se había mirado aún en un espejo, pues si lo hubiera hecho jamás se habría presentado en casa de nadie con esas pintas: su cara, su pelo, su vestido verde de topos blancos…, todo estaba salpicado de sustancia marrón.

A Norma le fue muy difícil no echarse a reír al ver aparecer a Laura de esa guisa (y no digamos a Fiona). Ginebra, en cambio, no vio problema en hacerlo. Empezó a carcajearse de tal forma que la cara de Laura no solo estaba marrón, sino también roja.

Norma envidiaba a su madre por poder reírse, pero no le quedó otra que chistarle para que se callara y guardara las formas.

—Le pido disculpas, señora. De verdad que lo siento —dijo Norma, muy metida en su papel.

—¿Que lo siente? ¿Solo eso? ¿Usted sabe lo que cuesta quitar las manchas de este abrigo? ¡Debería lamentarlo profundamente!

Norma miró a Lucas muy incisiva. No parecía que en la cara de su hijo hubiera arrepentimiento, más bien todo lo contrario. Aunque, por fortuna, Laura no pudo detectarlo.

—Sí, soy consciente —respondió Norma—. Y por eso le pido disculpas de nuevo. Ya sabe que trabajo en la tintorería del señor Bodel, así que arreglaremos todo esto: lleve el abrigo allí y se lo lavaremos gratis.

—¡No es suficiente! —exclamó ella.

Laura acercó su rostro muy cerca del de Norma y, cuando nadie sabía cuál iba a ser su reacción, la mujer desenvainó su uña y la dirigió en línea recta hacia la cara de Lucas.

—¡Debe lavarlo él!

Al ver la uña amenazante caer sobre su cara, Lucas borró de inmediato su sonrisa. Lo único que él había pretendido era ganar clientes. Aquel plan no encajaba con el que había maquinado en su cabeza.

—Sé que ha estado haciendo campaña para reflotar esa tintorería —añadió Laura—. Así que, si no pone a este gamberro a lavar mi abrigo con sus propias manos, me encargaré de destrozar la reputación de ese maldito negocio. Todo el mundo me conoce. ¡Tengo influencias!

Fiona no podía creer que la dichosa Laura hablara a Norma de aquel modo. Estaba mal que lo hiciera con los niños y hasta con Cecilia, pero jamás habría supuesto que se atreviera a amenazar así a su madre. Se acercó a Norma para apoyar su defensa. Norma, sin embargo, prefirió no meterse en más problemas.

—Vamos, es solo un niño —respondió—. Los lavados son automáticos. Quédese tranquila. Le prometo que lo arreglaremos.

—Por supuesto que lo harán. Más les vale dejarlo como nuevo. Eso sí. Todavía falta una cosa.

A saber qué petición rocambolesca iba a exigir ahora. Fiona tuvo que aguantarse mucho para no intervenir en la disputa.

—Aún no he oído una disculpa por parte de su hijo.

Norma asintió. Por mucho que lo ocurrido fuera gracioso, en eso Laura llevaba razón.

—Por supuesto. Vamos, Lucas. Pide perdón ahora mismo.

Después de todas las cosas malignas que había oído, Lucas no estaba muy de acuerdo en hacerlo. Y pasó mucha rabia y mucha indecisión hasta que terminó por disculparse.

Fiona estaba indignadísima. Si se hubiera tratado de ella, su boca se habría quedado sellada, cerrada con ese maldito hilo con el que le obligaban a coser los osos misteriosos. Se colocó al lado de su hermano y miró intensamente la cara de Laura, salpicada de caca.

—¡Y tú! —exclamó la jefa de la Hermandad al verla—. No sé qué tramas, ¡pero tú y tu amigo podéis iros despidiendo de todos vuestros puntos!

Fiona pensó que, si los puntos le hubieran importado lo más mínimo, aquello sería muy injusto. No estaba bien que Laura la castigara por la trastada de otra persona, por mucho que ese otro fuera su hermano.

—¡Yo no he hecho nada! —exclamó sin poder contenerse.

—¿Ah, no? Tú y ese engendro inadaptado me seguís a todas partes. Algo tramáis. Lo sé. Hasta puede que estéis compinchados con el gamberro de tu hermano.

Fiona podría haberle gritado a Laura por tantas cosas que no supo por qué clamar primero. Fue incapaz de hacerlo. Volvió a ocurrirle eso que hablábamos antes, lo de quedarte en blanco cuando alguien te grita cosas injustas que ni por asomo habrías esperado. Y mejor que no lo hiciera, porque la conversación se estaba complicando. Norma volvió a disculparse en nombre de sus hijos y le prometió a Laura que los dos quedaban automáticamente castigados. La jefa de la Hermandad se dio la vuelta y abandonó, muy digna, el porche de la casa.

—Menuda señora loca —exclamó Lucas cuando Norma cerró la puerta—. No me extraña que estuvieras amargada, Fiona. Menos mal que mamá se ha librado de ella.

—Eh, tú, no tan rápido —le detuvo Norma—. Lo que he dicho antes iba en serio. Estáis castigados.

—¡¿Castigados?! —protestó Fiona, que no entendía por qué tenía que verse afectada por el tema.

No le bastaba sufrir a Laura dentro del gimnasio como para que encima la perjudicara fuera de él.

—¡Pero eso es injusto! —exclamó Lucas por su parte—. Puse el petardo por impulsar el negocio, ¡dijiste que había que manchar a la gente!

Norma se cruzó de brazos.

—De nada me sirve si luego tengo que regalar el lavado —refutó—. ¿No te das cuenta? Así me cuesta dinero. Tienes que ser más inteligente. ¡La gente se tiene que manchar creyendo que lo hace por sí misma!

Lucas agachó la cabeza y confió en que a su madre se le pasara el enfado. Aunque también sabía que transcurriría algún tiempo antes de que sucediera.

—Y en cuanto a ti —Norma habló a Fiona—. ¿Qué es eso de perseguirla a todas partes? Vamos, confiesa.

Fiona aguardó antes de contestar a su madre. Estaba convencida de que si le contaba a Norma sus sospechas sobre los osos y las habladurías acerca de Max se podía liar una buena.

—Es solo un juego —se limitó a decir—. La seguimos para hacerle rabiar.

—¡Pues deja de hacerlo! —ordenó Norma—. ¿Recuerdas las normas de la Agente Z? Hija mía, haces cualquier cosa con tal de llamar la atención... Vas a buscarnos la ruina.

Fiona pensó que aquello era completamente injusto. Le habría gustado contar la verdad, que la dichosa Laura era una mala mujer y seguro que estaba metida en algo que olía peor que su abrigo manchado de estiércol, pero estaba claro que en esa nueva vida estaba obligada a callarse todo lo que fuera cierto y verdadero.

Enfiló escaleras arriba igual que lo había hecho el día del vestido. No le quedó otra. Norma anunció que estaba castigada en casa hasta nuevo aviso.

* * *

Fiona se alegró de que Lucas no hubiera subido al cuarto. Su hermano tenía el mismo derecho a quedarse

en la habitación, puesto que también era la suya, pero a Fiona eso no le habría hecho ninguna gracia. Sentía a Lucas como el culpable de su desgracia.

En el fondo, sabía que no era así realmente. Las intenciones de su hermano no habían sido malas, pero Fiona necesitaba a alguien a quien echarle las culpas.

Estaba harta de tanta mentira. Desde que habían llegado a aquel dichoso pueblo no habían hecho otra cosa más que fijarse en las apariencias, fingir que eran otras personas. Fiona, en aquellos momentos, se sentía como en una cárcel.

Realmente, el castigo lo era un poco. Debía quedarse en esa casa que se caía a cachos hasta que su madre lo decidiera, pero para Fiona eso no era lo más grave. Había muchos tipos de cárceles, no solo las de barrotes, y la de no poder decir la verdad era una de las peores.

Estaba aún cruzada de brazos, sentada sobre la cama con el pijama puesto, cuando un chasquido extraño interrumpió sus pensamientos. Fiona miró hacia la ventana y aguardó por si el sonido se repetía. Pronto descubrió que alguien estaba tirando algo desde la calle.

Lo que le faltaba. Si Max rompía el cristal, ya podía irse preparando para un castigo aún mayor, así que Fiona abrió la ventana de inmediato y entre susurros le exigió que parara.

—¿Qué haces? —preguntó.

—Lanzarte castañas —explicó Max—. En este pueblo no hay ni una piedra que tirar.

Fiona suspiró. No podía creer que Max estuviera en ese momento frente a su casa.

—¡No has venido a tu turno de vigilancia! —protestó su amigo.

—Shhh... Calla. He tenido problemas. Espera un momento.

Fiona sabía que desde la buhardilla había un acceso hasta el tejado. Así que salió de su cuarto de puntillas y subió la escalera del ático deseando que no crujiera (cuando tus padres creen que estás enfadada no puedes permitir que se den cuenta de que sales de tu cuarto).

Una vez en el tejado, Fiona indicó a Max que subiera por el lateral. No es que hubiera canalones ni nada de eso. Es que la casa tenía instalada una fantástica escalera para subir a tender la ropa los días soleados.

—Qué sitio más estupendo —alabó Max cuando llegó junto a Fiona—. En casa de los pasteleros solo podemos salir a la terraza. Y no es muy grande.

—¿Por qué vives con ellos?

Fiona había soltado la pregunta a bocajarro, sin apenas pensar. Era otra de las cosas que solían sucederle: hablar por instinto, sin meditar mucho las frases. Le pasaba

cuando estaba cansada, enfadada o ambas cosas a la vez. Sin embargo, Max no tuvo mucho problema en contestar:

—Mi madre necesitaba un trabajo. Es amiga de los pasteleros desde que eran pequeños y hasta que ahorre un poco viviremos con ellos.

—Y... ¿tu padre?

—Vive en la ciudad.

Fiona se dijo que era el momento de guardar silencio. Aunque notaba la siguiente pregunta ardiendo en el cerebro. Finalmente no tuvo más remedio que soltarla. Si no, hubiera podido reventar.

—¿Tienes algún tatuaje?

Max la miró como si estuviera loca.

—¿Tatuajes? ¡No! ¿Qué te hace pensar eso? Aún soy joven para tatuarme, ¿no crees?

—No lo sé… Lo mismo tienes alguno como los de tu padre…

Max pareció entender por dónde iban los tiros. Inspiró muy fuerte y se giró hacia Fiona.

—Vamos a ver. ¿Qué has oído por ahí?

—No sé. Poca cosa… Algo sobre tu padre. Dicen que está en la cárcel.

—¡¿En la cárcel?! —Max se echó a reír—. La verdad es que suponía que conmigo también se inventarían cosas, pero jamás pensé que fueran tan originales.

—Eh, un momento. ¿Qué quieres decir?

—Pues que mi padre es economista, no delincuente. Simplemente no vive con nosotros.

Fiona no se refería a eso exactamente. Había otra de las frases de Max que la había alarmado.

—¿Qué es eso de que «conmigo también se inventarían cosas»? —preguntó—. ¿Es que lo han hecho con más gente?

—¡Pues claro! —confirmó Max—. ¡Contigo! ¡Tú también tienes una buena historia recorriendo el pueblo!

Fiona no daba crédito. Resultaba que ella era también la diana de los cotilleos. Le daba miedo preguntar qué

versión corría sobre su familia. Pero lo que más temía era que, sin quererlo, alguien se hubiera acercado a la realidad.

—Supongo que, cada vez que llega alguien nuevo, en este pueblo vuelan los chismes —explicó Max—. Deben de estar muy aburridos y se inventan un pasado para cada extraño.

A Fiona en aquel momento le daban igual los motivos. Solo quería saber qué iban diciendo. ¿Sería posible que la gente hablara y ella no se diera ni cuenta?

—Está bien. Te lo contaré —claudicó Max—. Según dicen, tus padres se conocieron en un manicomio. Se escaparon y os tuvieron a vosotros. Así que habéis heredado su locura y todos estáis locos de atar.

—¡¿Qué?!

—Dolores va contando no sé qué de tu abuela montada en un descapotable. Y que te has arrancado los lazos y coses tan mal porque estás loca. Cree que tu cabeza no funciona de manera normal.

Fiona estaba indignadísima. Aunque eso podría explicar, en cierta manera, los modales de Laura con su madre. Su falta de respeto.

—Por cierto, lo olvidaba —se interesó Max—. ¿Por qué Laura ha ido hoy a tu casa?

Al parecer, las noticias en aquel pueblo corrían a la misma velocidad que las mentiras. Fiona explicó a Max todo lo sucedido. Desde la desastrosa idea de Lucas hasta el castigo injusto que su madre les había impuesto. Estaba cansada de cargar con las culpas de todo.

—Odio las mentiras. No puedo soportarlas —protestó.

—Bueno, no es tan horrible —la consoló Max—. A mí me divierte. Solo tienes que llegar un día a clase y desmentirlo. Empezarán a tratarte como a la gente cuerda.

—No me refiero a eso.

Fiona estaba tan cansada... Necesitaba contar a alguien lo que sentía. Aunque fuera en palabras clave. Todo era muy injusto y ella no había hecho nada malo. No era la responsable.

—¿Qué dirías si te dijera que tengo un secreto?

—¿Un secreto? —Max levantó las cejas.

—Sí. Una cosa que no puedo contar a nadie.

Max no respondió inmediatamente. Tal vez estuviera pensando qué contestar (eso que a Fiona le salía tan mal hacer). Tras un silencio no muy grande, respondió por fin a su amiga.

—Supongo que tu secreto es importante. Si no, no te haría sentir tan mal.

Fiona asintió con la cabeza.

—Me tienen prohibido contarlo. Pero creo que si no lo comparto con alguien me voy a volver loca de verdad.

—Puedes hacer una cosa —sugirió Max—. Haz como si me contaras una historia. No todo lo que cuentes tiene que ser verdad. Puedes inventarte las partes que quieras.

A Fiona le hizo gracia esa solución. Era como contar un secreto a modo de camuflaje. Como inventar la mentira de Dolores pero con un buen propósito. Haciéndolo al derecho. Supuso que fantasear estaba bien si era por un objetivo bueno.

—Está bien. Te contaré mi historia —dijo entrando en el juego—. No venimos de ningún manicomio, digamos que venimos de... ¡del desierto!

A Fiona las historias de faraones siempre le habían resultado muy interesantes y por eso decidió situar la suya en ese lugar.

—Mi padre era alguien normal. Alguien que trabajaba...

—¿Construyendo pirámides? —exclamó Max.

—¡Sí! ¡Eso! —respondió Fiona—. Pero de repente algo malo pasó durante la construcción y tuvimos que mudarnos.

—¿Algo muy grave?

—No lo sé realmente. Mis padres no quieren contarlo. Solo sé que alguien persigue a mi padre. Y como su vida corre peligro tenemos que ocultarnos.

Fiona pensó que esa última parte no había estado tan bien camuflada como todo lo anterior. Aunque no creyó que a Max fuera a importarle. Realmente los dos estaban entendiendo la esencia de la historia. Qué más daba si el final estaba más o menos adornado.

—Qué fuerte —respondió Max tras otro de sus silencios largos—. Es una pena que Dolores no pueda enterarse. Tu historia es alucinante.

—¡Tienes que guardarme el secreto! —insistió Fiona.

—¿Seguro que no quieres que le demos en las narices? —bromeó Max—. ¡Tu historia le da mil vueltas a la suya!

—¡Max!

—Que sí, que sí, te lo prometo. Si no, serás capaz de decir que lo de la cárcel de mi padre es verdad. Y sería mi ruina.

Los dos se echaron a reír. Habían estado un rato demasiado serios, así que Fiona recordó a Max lo que había sucedido con la caca y la cara que había puesto su abuela al ver a Laura en la entrada. Los dos se desternillaban de la risa. Parecía que en aquel tejado la verdad hubiera ganado terreno a tanta mentira. Se podía respirar.

—Es tan fácil vencer a esa Laura —dijo Max—. Imagina lo que sería de ella si nadie cosiera un solo oso. Me encantaría ver cómo se las apañaría.

—Sería una gran idea —respondió Fiona.

—La mejor —afirmó Max—. Y si yo fuera ella no tentaría a la suerte. Más pronto que tarde alguien se atreverá a hacerlo.

CAPÍTULO 7

Tras algún tiempo viviendo en aquel pueblo, Fiona ya había conseguido que los preparativos antes de ir a clase le resultaran familiares. Hablo de eso que las personas adultas llaman *rutina* y que consiste, básicamente, en hacer lo mismo todos los días. Acostumbrarte a seguir el mismo horario, ducharte, vestirte y desayunar siempre en el mismo orden y creer que, haciéndolo así, la vida es más confortable.

Fiona había tardado pocas semanas en ordenar sus *rutinas* de un modo correcto. Esperaba su turno en el baño, elegía uno de los vestidos que siempre había en el armario (sin lazos, eso sí) y bajaba a desayunar con la firme intención de que cada día fuera un *día estrella*.

Sin embargo, a la mañana siguiente de la amenaza de Laura, cuando el sol apareció tras charlar con Max en el tejado, Fiona decidió que ya estaba bien de conformarse.

Se propuso hacer un cambio en la *rutina* de la mañana. Una cosa que, si al principio pudo pasar desapercibida, después acabó por cambiarlo todo. No te lo desvelaré todavía. Solo quiero que recuerdes la camiseta favorita de Fiona. Aquella de la margarita.

Como cada mañana, Fiona hizo creer a todo el mundo que aquel día era como los demás. Desayunó junto con sus hermanos y fue derecha al colegio sin hablar de cosas *peligrosas* y sin entretenerse demasiado. Nadie sabía lo que tenía reservado para cuando llegaran al gimnasio. Fiona pasó toda la mañana aguardando el momento.

Cuando el timbre anunció el final de las clases, Fiona agarró su mochila y se fue directa al baño. Se encerró en uno de los lavabos y, tras inspirar tres veces y convencerse de que hacía lo correcto, sacó la camiseta del interior de la bolsa.

Daba igual que no combinara muy bien con la falda del vestido. Lo único que quería era molestar a Laura. Tampoco pretendía llevar la camiseta por la calle (se lo había prometido al Auxiliar Épsilon), solo quería tener el valor de entrar en ese gimnasio siendo ella misma. Es decir, vestida con lo que le diera la gana.

Había recordado el día que llegaron y las dos opciones que Norma le había dado para ir al colegio. Recordaba sus palabras perfectamente: o en vestido o en pijama. Así que, cuando Fiona sacó las mallas de dormir y se las colocó para complementar su atuendo, se dijo que su madre no tendría derecho a regañarla.

Que ella supiera, no había una norma que prohibiera las margaritas ni las mallas de rayas. Así que terminó de ajustarse las dos prendas y se estiró hasta que se vio perfecta en el espejo.

Después, Fiona salió del baño, elevó la barbilla y marchó hacia el gimnasio. Cuando entró, sus compañeros ya se estaban sentando, y casi ninguno reparó en la vestimenta de Fiona (digo casi ninguno porque, en efecto, Dolores no perdió detalle). Miraba a Fiona con la boca casi tan abierta como sus ojos inquietos.

A Fiona le extrañó no ver por allí a Max. Era raro que su amigo llegara tarde a la reunión de la Hermandad. Siempre había sido extremadamente puntual.

Laura, por su parte, hizo su entrada en el gimnasio y volvió a reclamar voluntarios para repartir tela. No faltaron niños ansiosos por recolectar puntos, claro. Sin

embargo, cuando Fiona recibió su retal y las plantillas para confeccionar un nuevo osito, depositó todo sobre la mesa y se cruzó de brazos. Apenas en un instante, casi como si Laura hubiera tenido telepatía directa con ella, la jefa de la Hermandad se plantó delante de Fiona. Laura la miraba con una sorpresa muy parecida a la de Dolores, solo que la mujer fue capaz de abrir mucho más la boca. Desplegó su famoso dedo-señala-niños y lo guio hacia Fiona con el mismo ímpetu con el que lo había hecho el día anterior con Lucas.

—¡¿Qué demonios es eso?! —exclamó muy alterada.

Fiona no sabía si Laura se refería a la labor sin empezar o a su camiseta. Podía tratarse de cualquiera de las dos cosas. Así que optó por el silencio. En unos segundos Laura lo aclararía ella solita.

—¿Quién te ha autorizado a venir vestida de ese modo? —Laura hablaba hecha una furia—. Aquí no queremos vagabundos.

Fiona tuvo la sensación de que Laura la habría regañado incluso si hubiera ido vestida para una boda. Seguro que se las habría apañado para encontrar una razón. Aun así, pensó que aquello era otra de sus injusticias: no era asunto de Laura criticar lo que ella podía o no podía vestir. No creía que fuera una de sus competencias. Aunque la verdad era que Laura acababa de picar el anzuelo. Fiona había conseguido llamar su atención en el momento perfecto.

—¿Piensas ponerte a coser en algún momento, querida? —Laura rebajó su tono al notar que los niños habían parado la tarea y prestaban toda su atención.

—Bueno, verá —respondió Fiona—. Lo cierto es que… no me apetece.

La cara de Laura se quedó tan blanca como sus perlas y sus dientes.

—Perdona, ¿qué has dicho?

—Pues que coser no me gusta. Que no se me da muy bien y tampoco tengo ganas. Así que preferiría no hacerlo.

Laura no daba crédito. Su boca balbuceaba inicios diferentes de muchas palabras, (lo que pasa cuando quieres decir muchas cosas distintas y no te decides por ninguna).

En el gimnasio no se oía una mosca. Hasta Dolores parecía realmente impresionada. Todos observaban con sus agujas suspendidas en el aire. Como si les hubieran hecho una fotografía.

—Esta infamia te va a costar todos tus puntos —amenazó Laura, que al fin había conseguido encontrar las palabras adecuadas.

—No me importa. Me da igual este estúpido concurso. Quédese con sus dichosos puntos.

Varios gritos ahogados se entrecruzaron en el gimnasio y la cara de Laura volvió a cambiar de color. En apenas unos segundos pasó del blanco al azul y de nuevo al rojo del día anterior (pero sin marrón de por medio). Fue como los truenos antes de desatarse la tormenta. Laura empezó a chillar como una descosida. Como si alguien realmente estuviera descosiendo uno de sus muñecos.

—¡Sabía que esto iba a pasar! ¡Lo sabía! ¡Una desequilibrada en la Hermandad no podía traer nada bueno!

—¡Eh! ¡Un respeto! —exclamó Fiona—. ¡Yo no estoy loca! Eso solo son mentiras. Además, ya es hora de que alguien diga aquí las verdades: ¿adónde van a parar los osos que estamos cosiendo?, ¿para qué son en realidad?

La tez de Laura volvió a cambiar de color. Aunque esta vez ya pasaba del verde al morado. Fiona empezó a tomarle el gusto a eso del contraataque multicolor.

—¡¿Qué insinúas?! —exclamó Laura.

—Sé que el Hospital Infantil está cerrado. Y que los osos desaparecen por la noche. Los cambian de lugar. ¡¿Adónde?!

Un murmullo de sorpresa se apoderó del gimnasio.

—¡Silencio! —exclamó Laura—. No quiero oír una palabra o todos quedaréis descalificados.

—Menuda pantomima —replicó Fiona—. Esos puntos no son más que un engaño. Una manera de tenernos bajo control. Pero Max y yo la hemos pillado. A partir de ahora ¡no coseremos ni un oso más! ¡Nos declaramos en huelga general!

Tras decir eso, Fiona se cruzó de brazos y levantó tanto la barbilla que casi le dolió la nuca. De reojo, miró el sitio vacío de Max. Le habría gustado contar con su respaldo, aunque se dijo que no debía amilanarse. Cuando los superiores son justos no hay razón para la rebelión. Pero estaba claro que aquello era una ilegalidad y que alguien debía tomar cartas en el asunto.

A su alrededor, el resto de los niños continuaban paralizados. Seguían congelados. Tal vez estaban calibrando qué creer y qué no.

Fiona supo que era su oportunidad. Se levantó y puso un pie sobre la mesa.

—¡No coseremos un osito más hasta que alguien nos diga la verdad! —exclamó para que todos la oyeran—. Esta señora nos está utilizando. ¡Nadie os obliga a coser! ¡No lo hagáis!

Laura hervía de rabia. Miró a Fiona, después al resto de la clase y luego a Fiona otra vez.

—Podéis soltar las agujas e iros a casa. ¡Nadie os obliga! ¡Sois libres! ¡Corred!

Era como si alguien hubiera formulado las palabras mágicas. Había conseguido que se tambalearan las mentiras de Laura. Al ver que el discurso de Fiona era de lo más convincente, los niños soltaron los retales y, como guiados por un hechizo, empezaron a dar vítores y a aplaudir

a Fiona. Parecía hacerles gracia eso de estar en huelga. Y Fiona se lamentó de que, en el fondo, fueran tan fáciles de manipular. Hasta Dolores se levantó de su asiento y se dispersó con el resto de la clase.

Laura miraba a Fiona intensamente. Sus ojos estaban llenos de maldad.

—Esto no quedará así. ¡Me las pagarás!

Después, la jefa de la Hermandad dio media vuelta, levantó su propia barbilla y desapareció de la clase. Y Fiona notó un malestar en el fondo del estómago. La angustia de saber que tras la tormenta probablemente llega el huracán.

* * *

Fiona llegó a casa antes de lo esperado y Ginebra se sorprendió de verla aparecer tan pronto.

—¿Ha pasado algo? —preguntó.

Ya lo creo que sí. Por una vez en muchas semanas, en aquel pueblo había sucedido algo memorable. Fiona no sabía por dónde empezar. Y, cuando contó sus avances revolucionarios, la abuela se llevó una mano a la frente.

—Ahora sí que la has liado buena. Verás cuando se enteren tus padres.

Fiona no creyó haber hecho nada malo. Así que clamó por su inocencia:

—Esa señora está engañando a todo el pueblo y necesitaba una lección.

—Puede ser —admitió la abuela—. Pero tú eres una niña y hasta que no tengas pruebas nadie va a creerte. Necesitas un plan, ¿no te das cuenta?

La abuela Ginebra siempre demostraba que sabía más que nadie ante cualquier problema y Fiona se dijo que, en el fondo, llevaba razón. Había hecho justo lo contrario de lo que había indicado la Agente Z: montar una huelga en la Hermandad era todo lo contrario a ser discreta.

—Venga, vámonos —ordenó Ginebra.

—¿Adónde? —Fiona se sorprendió de que la abuela hubiera cogido el bolso y llevara ya puestas las gafas de sol.

—Pues a dar una vuelta. Desapareceremos durante unas horas. Tu padre está trabajando y tu madre está muy ocupada con la fiesta de esta noche. Así, cuando volvamos, lo mismo se les ha pasado ya el enfado. No dudes que esa tal Laura estará ahora mismo en la tintorería comparándote con el mismo diablo. ¿Quieres estar aquí cuando tu madre llegue a casa? Te aseguro que yo no.

Dicho y hecho. Al parecer, la abuela Ginebra comprendía mejor que nadie el concepto de «quitarse de en medio». Era más o menos lo mismo que les había obligado a hacer su padre por culpa de su asunto secreto. Así que Fiona decidió recordar aquel argumento. Si su padre o su madre protestaban, no tendrían derecho a enfadarse.

* * *

La abuela y Fiona pasaron una tarde memorable. Como las de su vida de antes. Además, como Ginebra opinaba que alejarse del pueblo era primordial, se dirigió a una tienda de alquiler de coches y eligió un auto granate último modelo.

—No cojo el amarillo por no llamar la atención —explicó—. ¿Sabes que el amarillo es el color que más destaca? La gente cree que es el rojo, pero están equivocados.

Fiona pensó que el tema del color le daba igual. Le parecía sorprendente que la abuela hubiera planeado

la huida tan rápido. Y que contara, además, con dinero para hacerlo.

—Son los ahorros para la isla —recalcó ella—. Pero si gastamos hoy un poco tampoco pasa nada. Hay que disfrutar del momento.

La abuela arrancó el descapotable último modelo y Fiona empezó a comprender las habladurías de Dolores. ¿Llevaría razón y realmente su familia estaba loca? Definitivamente, lo mejor era no pensar en ello.

—¿Y por qué no has cogido el de papá? —preguntó Fiona, mientras salían del pueblo.

—¿Esa chatarra? —exclamó Ginebra—. No me hagas reír. Si salimos de aventuras, lo hacemos con estilo. Además, algún día entenderás que lo mejor es ser independiente.

La abuela condujo el descapotable por las carreteras de la comarca para que Fiona disfrutara un poco del paisaje. Según le explicó, solía conducir a veces por ahí, pues el paraje era alucinante. Campos de amapolas hasta donde alcanzaba la vista y unas nubes tan compactas que parecían de algodón.

—Son tan bonitas que me dan ganas de ponerlas en uno de mis óleos.

Fiona se sorprendió de veras.

—¿Tú pintas cuadros, abuela? Nunca he visto ninguno.

—Antes lo hacía. Pinté muchísimos. Incluso conocí al mismísimo Picasso. Pero eso fue en otra vida. A veces pienso que debería retomarlo. Tal vez con la acuarela.

Fiona sentía que su abuela era un saco de secretos. Era imposible verlos todos de un solo vistazo. No quedaba más remedio que meter la mano a oscuras y sacar, uno a uno, cada misterio.

Ginebra tomó el siguiente desvío y serpenteó por el camino en dirección a un pueblo muy blanco. Con apenas dos maniobras aparcó el coche en la plaza y se bajó del descapotable lista para explorar.

—Los mapas de la Agente Z me han sido muy útiles estas semanas —explicó—. Ninguno los habéis mirado. Pero yo me he dedicado a visitar la zona y te aseguro que es una maravilla. Hace mucho que no pasamos la tarde juntas. Vamos.

Las dos caminaron por las calles del pueblo descubriendo sus atractivos turísticos. Ginebra, sin embargo, pasaba de museos. Opinaba que con tan poco tiempo lo mejor era comprar un helado.

—Los de pistacho están muy buenos —dijo muy convencida—. Pide que te pongan una bola extra. Si no, luego te arrepentirás.

Fiona así lo hizo. Decidió acompañar a la abuela por la calle comercial y fijarse en todas las tiendas de aquel pueblo enano. A pesar de tener pocas casas, la abuela aseguraba que había muchos comercios y que los escaparates eran tan bonitos que ríete tú de los de la ciudad.

Pasaron un buen rato paseando y charlando hasta que el helado casi se hubo consumido. Fiona estaba a punto de sugerir a la abuela que fueran a buscar otro cuando una visión al otro lado de la calle hizo que se le cayera lo que quedaba con el cucurucho incluido (algo que normalmente da mucha rabia, porque el cucurucho, sin duda, es lo más rico).

—¡Eh! ¿Adónde vas? —gritó Ginebra al ver a Fiona salir disparada y cruzar la calle sin apenas mirar.

Es evidente que algo así no debe hacerse. Ni siquiera en un pueblo pequeño. Si no miramos a ambos lados de la calle, existe la posibilidad de que alguien nos atropelle. Pero os aseguro que a Fiona le daban igual las normas de circulación. Lo que acababa de ver era aún más grave que un atropello. Qué diantres, era denunciable: el escaparate de la tienda de regalos, uno de los más bonitos de la calle, exhibía en su aparador unos objetos muy familiares.

—Pero ¡¿qué narices...?! —empezó a mascullar Ginebra cuando llegó junto a Fiona.

La abuela no necesitó acabar la pregunta. Aquel escaparate mostraba la respuesta claramente: una pirámide inmensa de ositos de peluche, confeccionados a mano por «expertos artesanos», se ofertaba a todos sus clientes con un precio desorbitado.

—¡Son nuestros peluches! —exclamó Fiona—. Laura no los dona, ¡los vende! Te dije que esa mujer no era de fiar. ¡Y aquí está la prueba!

—Por las orejas de Dumbo, en verdad que es cierto... —musitó Ginebra.

La abuela estaba tan impactada que tardó un rato en pestañear, apretar los labios y comunicar su consejo:

—Te dije que necesitabas una estrategia. Y, por desgracia, creo que no tenemos modo de demostrar esto.

Era cierto. Con su móvil último modelo, Ginebra podía haber hecho una foto a aquel escaparate y rebotarla a todas sus redes sociales, incluso a sus contactos en prensa nacional e internacional. Pero en aquellos momentos, en los que los F. estaban oficialmente desaparecidos, no había modo de trasladar esa imagen real a ningún soporte que pudiera servir de prueba.

—Solo nos queda una opción —concluyó Ginebra—. Hacerlo a la antigua. Entra en la tienda y pregunta al dependiente. Lo mismo te dice quién los suministra.

* * *

No hubo tiempo para cavilar más estrategias. Nada más oír aquello, Fiona pensó que era una idea brillante y empujó la puerta del comercio dispuesta a resolver el misterio. Tras esperar su turno como si fuera una niña obediente (siempre se saca más de la gente cuando una va de buenas) preguntó a la dependienta quién era el proveedor de los muñecos. A pesar de que lo preguntó con una sonrisa adorable, Fiona agradeció tener a la abuela al lado. Con ella era más fácil que la tomaran en

serio y que no la echaran diciéndole que a ella qué le importaba.

La mujer de la tienda carraspeó y comentó que desde hacía tiempo un señor le vendía esos peluches, cada año de un modelo distinto.

—¿Un señor? —preguntó Fiona extrañada—. ¿Seguro que no era una señora alta, rubia y con aires de grandeza?

—No —respondió la mujer—. Es un tipo con una gorra roja.

—Qué raro... —murmuró Fiona.

Aquello no encajaba para nada con sus suposiciones. Sobre todo, porque la dueña de la tienda describió al hombre como alguien normal. Ni alto ni bajo, ni gordo ni flaco. Un señor corriente. Habitual.

—Es un asunto extraño, ciertamente —apoyó Ginebra—. ¿Por casualidad podría darnos sus datos o algún modo de contactar con él?

La mujer se encogió de hombros.

—Nunca me dio su tarjeta ni nada parecido —explicó la tendera—. Apareció por aquí hace unos años, me enseñó su mercancía y le pagué al momento. Y cada primavera hace lo mismo. Cada año un modelo. La verdad es que sus peluches se venden muy bien. ¿Por qué quieren contactarle? No pretenderán hacerme la competencia...

La abuela Ginebra negó aquello rotundamente y se deshizo en agradecimientos con la dependienta. Después miró a Fiona con un gesto de «se hace tarde, huyamos de aquí» y las dos salieron de la tienda de regalos.

Estaba más que claro. No cabía duda de que los ositos de la Hermandad encontraban un destino muy distinto al del Hospital Infantil. Solo quedaba localizar el eslabón intermedio: hallar la relación entre Laura y esa dichosa tienda de regalos; descubrir al misterioso repartidor de la gorra.

Al menos, Fiona contaba con la confianza de la abuela. Pero sin duda quedaba algo importante. Y era avisar a Max.

CAPÍTULO 8

Ya era noche cerrada cuando Ginebra y Fiona devolvieron el coche a la tienda de alquiler y encaminaron sus pasos hacia la casa de los F. Las dos estaban algo nerviosas, aunque Fiona no se atrevía a mencionárselo a la abuela y Ginebra, por supuesto, tampoco le dijo nada a su nieta. (He de decir que las abuelas también se ponen nerviosas, diría yo que de modo parecido al de los padres. Lo que pasa es que ellas tienen todavía más experiencia).

Las dos sabían que, si la regañina de Lorenzo iba a ser bastante grande, el rapapolvo de Norma sería colosal. Sin embargo, existía una posibilidad, una esperanza: tal vez, con todo el lío de la fiesta, Norma no estuviera para broncas. Eso o que ya hubiera partido rumbo a la tintorería y ni se hubiera enterado de la escapada. Los festejos se celebrarían en la plaza de enfrente del local. Y, aunque

todavía faltaba una hora para que la fiesta empezara, las dos sabían que a Norma le gustaba llegar pronto a todas partes (y más siendo la organizadora).

Ginebra y Fiona se limpiaron los zapatos en el felpudo, listas para exponer su defensa. Fiona había decidido contar la verdad para variar. Realmente era lo único que podía hacer. Y cuanto más deprisa lo hiciera antes podría

correr a casa de Max y explicarle sus descubrimientos.

La abuela metió la llave en la cerradura, asió el pomo y empujó la puerta de la casa. El panorama que las recibió iba más allá de lo que cualquiera de las dos hubiera pensado: la imagen de una Norma nerviosa, casi deshecha en lágrimas, que corrió a abrazarlas en cuanto las vio entrar.

—¡¿Dónde habéis estado?! —exclamó con una mezcla de enfado y alivio—. ¡Os habéis marchado sin decir nada!

Fiona no entendía tanto drama. Solo se habían ido a dar una vuelta. Había sido durante bastante rato, pero, vamos, tampoco era para tanto.

Sin embargo, cuando echó una ojeada al salón descubrió que allí había alguien extraño. Alguien que no era de su familia pero que, en cambio, sí le resultaba muy familiar. La responsable de sus desdichas: la Agente Z en persona.

La mujer continuaba con el mismo traje y el mismo moño que el primer día, como si por ella no hubiera pasado el tiempo. Observaba la escena cruzada de brazos y con cara de pocos amigos. Fiona se dijo que tal vez fuera así realmente. Parecía que aquella señora solo se ocupara de trabajar.

Al ver que Ginebra y Fiona se hallaban bien de salud, el alivio de Norma pasó de inmediato a la temida bronca. Que dónde habían estado, que qué horas eran esas y, sobre todo, que qué era eso de que Fiona había iniciado una revuelta.

La niña intentó explicarse. Todo había sido por culpa de la injusticia de Laura, pero la Agente Z no tenía ni un segundo para más excusas. No estaba allí para perder el tiempo.

—Os han descubierto —dijo extremadamente seria—. Uno de nuestros infiltrados en Mandíbula ha dado la voz de alarma. Saben dónde os ocultáis y es cuestión de horas que lleguen hasta aquí.

—¡¿Qué?! —exclamó Fiona mirando a su madre—. ¿Cómo es posible?

—Aún no lo sabemos —se lamentó Norma—. La Agente Z acaba de informarme. Ha llegado hace unos minutos.

Fiona miró a derecha e izquierda. ¡¿Dónde estaba Lorenzo?! De repente sintió mucho miedo.

—El Auxiliar Épsilon ha localizado a papá —le tranquilizó Norma—. Yo le había mandado a comprar unas cartulinas para la fiesta, pero Épsilon ya está con él y ambos están a salvo.

—¿Y Maya y Lucas?

La Agente Z y Norma se miraron con preocupación.

—Están con los preparativos de la fiesta. En la plaza. Tenemos que ir a buscarlos.

* * *

Fiona sentía que sus tripas se estiraban como si fueran cintas de espagueti. Aquello no podía estar pasando. Todo se había desbaratado y lo más probable era que fuera por su culpa. Desde que había llegado a ese pueblo no había parado de dar motivos: las protestas por la vestimenta, su poca colaboración con la Hermandad, la revolución de los ositos... y, si le parecía poco, aún sumaba algo más. Fiona evitaba pensar en ello. Pero por mucho que lo intentaba no podía quitárselo de la cabeza: había contado a Max su secreto.

¿Y si su amigo era en realidad alguien relacionado con Mandíbula? Max no había ido a clase aquella mañana y eso era algo muy sospechoso si se sumaba a todo lo anterior. Fiona se repetía que había sido una estúpida. Había pensado en sí misma y se había desahogado con un niño que, pensándolo fríamente, era casi un desconocido.

Le habría gustado echarse a llorar y confesar todos sus males para que la abuela o su madre la consolaran, tal y como hacían cuando era más pequeña. Pero no había tiempo para eso. Debía comportarse como hacen los adultos y, ya que hasta ese momento no lo había hecho, se dijo a sí misma que no estaba mal ir ensayando.

La Agente Z se quitó el *superboli* del moño (tal y como lo llamaba Lucas) y lo empuñó al frente tras abrir la puerta de la calle. Fiona pensó que, si Lucas hubiera estado

allí, en esos momentos estaría alucinando. Al parecer, el palito también servía como arma de defensa.

Tras mirar a derecha y a izquierda, la Agente Z hizo salir a Norma, Ginebra y Fiona de la casa y las condujo hacia una furgoneta negra, aparcada en la calle.

Cuando llegaron junto a ella, la puerta lateral se abrió y el Auxiliar Épsilon bajó de un salto. Lorenzo iba en uno de los asientos. Se sintió muy aliviado al descubrir que Ginebra y Fiona estaban allí.

—¿Dónde habéis estado? —protestó, sin embargo—. ¡No podéis largaros de ese modo!

En todas las semanas que llevaba en aquel pueblo, Fiona jamás había visto a su padre tan preocupado. Y en lugar de enfadarse y ponerse también ella a protestar decidió que lo mejor era abrazarlo.

La Agente Z subió al asiento del conductor y arrancó el transporte. Su destino era la plaza del pueblo, donde, a buen seguro, todo el mundo estaría esperando a que la fiesta diera comienzo.

* * *

Lucas y Maya se reunieron en la mesa de la organización tras concluir los preparativos. Sin duda habían hecho un buen trabajo. De la larga lista de tareas que Norma les había adjudicado, todas estaban finiquitadas antes de tiempo. Y eso que preparar una fiesta para un pueblo entero no es fácil. Es como organizar a la vez diez fiestas de cumpleaños.

Había muchas actividades enfocadas a que los vecinos se divirtieran (y que se mancharan de paso). Una larga pista de barro aguardaba a que empezara la carrera de obstáculos (Lucas se había encargado de encharcar bien la ruta con una de las mangueras de Lorenzo). Las pistolas de pintura ya estaban cargadas para los dos primeros equipos que compitieran entre sí. Incluso los pasteleros estaban coordinados: el puesto de bollitos operaba desde primera hora de la tarde vendiendo unidades en tropel, mientras que las doscientas tartas, horneadas con eficiencia, esperaban su turno para la gran batalla final.

Lucas se sentía orgulloso de que su idea hubiera triunfado: acabar con una batalla de tartas era el mejor broche para culminar la fiesta de la tintorería. Y Maya estaba de acuerdo. Habían trabajado duro para que todo estuviera listo. Ahora solo quedaba admirar los resultados.

Apenas faltaban unos minutos para que los actos se inauguraran, pero eso sería tarea de Norma y de su discurso. Tras dejar un vaso de agua junto al atril, Maya y Lucas se sentaron a descansar.

Maya opinaba que cuando uno ha terminado las tareas debe darse un premio por el esfuerzo. Y, como lo habían hecho tan bien, decidió que la recompensa sería doble. Se acercó con disimulo a una de las tartas y, ayudada de un cuchillo, sirvió dos porciones inmensas para ella y su hermano. Seguro que nadie notaría la diferencia. Aún quedaban ciento noventa y nueve unidades para la gran batalla.

—Nos lo hemos ganado —dijo chocando su tarta con la de Lucas—. Seguro que la fiesta es un exitazo.

Lucas saboreó su premio. Era una lástima que una tarta tan rica acabara estrellada contra la cara de alguien. Tenía tanta nata que era todo un manjar. Pero precisamente por eso el número final prometía mucha diversión. Iba a ser todo un espectáculo lanzar aquello contra las caras de la gente.

Mientras disfrutaba del bizcocho, observó a los curiosos que ya merodeaban por la plaza, ansiosos por que la fiesta diera comienzo. Entre ellos estaban el señor Bodel y Bujía que, según Maya, se habían escaqueado todo lo que habían podido durante los preparativos y ahora, en cambio, se habían arreglado como pinceles para presumir de la tintorería.

También pudo distinguir a Dolores, esa compañera de la que Fiona le había hablado. La niña paseaba acompañada de su familia, y a Lucas le llamó la atención algo curioso: Dolores lucía una camiseta decorada con una margarita. De hecho, varias de las niñas de la fiesta llevaban también sus propias camisetas, cosidas de manera rudimentaria. Lucas pensó que si esas niñas habían rechazado los vestidos de lazos por las camisetas de margaritas era porque algo importante habría pasado.

Quien tampoco podía faltar al encuentro era Laura, la jefa de la Hermandad de Niños Laboriosos. A juzgar por su elegante vestido (en el que no había margaritas), ignoraba el objetivo real de la fiesta.

Lucas se dijo que, si esa señora antipática acababa manchándose, esta vez no sería su problema. Su madre no podría castigarle. Bastante había tenido con ayudar a coordinar todo.

El reloj de la plaza marcó la hora en punto y Lucas se dio cuenta de lo tarde que era. La fiesta debía comenzar y su madre aún no había llegado. Aquello, sin duda, era un hecho excepcional.

—¿Habrá pasado algo? —preguntó a Maya.

La chica también era consciente de que aquel retraso no era en absoluto habitual. Norma era de esas personas que se obligan a llegar con antelación a sus citas. En su mente no existía la impuntualidad.

Habría estado bien tener un teléfono con el que informarse del motivo del retraso, pero su calidad de hijos escondidos les impedía aquella posibilidad. Estaban

incomunicados y en aquella plaza cada vez había más gente. Ambos se encogieron de hombros deseando que en casa no hubiera sucedido nada malo.

* * *

La furgoneta de la Agencia rodeó la plaza antes de dirigirse al callejón trasero de la tintorería.

—¡Ahí están! —exclamó Norma cuando el vehículo pasó junto a la zona de la fiesta. Antes de desviarse por la callejuela, Norma había divisado a sus hijos lidiando con los invitados. Deseó que la Agente Z aparcara cuanto antes para bajar y correr a rescatarlos.

En la plaza, Lucas y Maya atendían como podían a los vecinos. Habían superado la hora de comienzo de la fiesta de inauguración y el público empezaba a impacientarse. Norma supo que tenía que hacerse cargo de la situación, pero ahí estaba la Agente Z para romper la magia:

—Tenemos que marcharnos cuanto antes —advirtió, muy seria—. Mandíbula llegará en cualquier momento. De hecho, es raro que no lo hayan hecho ya.

A Norma le daba pánico cruzarse con alguien de la organización maligna sin conocer su identidad, pero no podía olvidar que Maya y Lucas se hallaban en mitad de esa plaza. Y que estaban en peligro.

—Sacaré a mis hijos de ahí —afirmó—. Pondré la fiesta en marcha y después nos largaremos. Si no, le aseguro que no nos dejarán salir del pueblo.

—Está bien —claudicó la agente—. Pero sea rápida.

Norma asintió conforme. Bajó de la furgoneta e inició el camino hacia la plaza custodiada por la Agente Z. Cuando llegó junto a sus hijos, Lucas y Maya se alegraron de verla aparecer. Aquella masa de público era casi imposible de contener. Sin embargo, sus caras volvieron a tensarse al ver llegar también a la Agente Z. No había que ser muy inteligente para comprender que la situación de la familia se había complicado.

La intención de Norma era agarrar a Maya y a Lucas y salir de allí inmediatamente. Sin embargo, varias personas habían empezado a corear «que hable, que hable», dejándole claro que no iban a permitir que se marchara sin el esperado discurso. Norma entendió que, cuanto antes los contentara, antes lograrían escapar.

—Queridos amigos. —Norma amarró el micro y habló a la audiencia intentando aparentar tranquilidad—. La fiesta que veis aquí es fruto de semanas de trabajo. El objetivo es que la comunidad disfrute blablá y que los comercios de la zona blablablá y bla.

Norma siguió hablando y hablando. Sería un poco aburrido que te transcribiera aquí el discurso completo (a pesar de que Norma lo acortó enormemente) porque es la típica cosa que te aburriría leer y te saltarías. Sobre todo con el lío que los F. tenían encima.

Ya sabes de sobra cuál era la situación: Mandíbula estaba en camino, la información se había filtrado (y nadie sabía por dónde), mientras que Norma estaba disimulando para dejar a la gente satisfecha y poder iniciar la huida. Todo estaba sucediendo muy rápido.

Maya y Lucas sintieron que la preocupación les invadía todo el sistema nervioso. La Agente Z permanecía callada, sonriente y calmada en apariencia (aunque era evidente que estaba disimulando). Si no, a saber qué diantres hacía allí y por qué Norma se había retrasado.

Tras agradecer al señor Bodel y a Bujía su colaboración (en los discursos hay que ser muy agradecido, hasta con

quien menos se lo merece), Norma terminó su intervención. El público aplaudió agradecido. Y, según pudo oír Lucas por los comentarios de alrededor, todos estaban muy orgullosos de que Norma hubiera superado su enfermedad mental y hubiera llenado de algarabía la vida del pueblo.

Lucas prefirió no escuchar más. La carrera de barro estaba a punto de empezar y todos los participantes se

preparaban ya para la competición. Se disponía a ir hacia la zona por si podía echar una mano cuando la Agente Z lo detuvo:

—Vámonos ahora mismo —susurró—. Cada minuto que perdemos el peligro aumenta.

Norma confirmó aquella orden. Rodeó los hombros de sus hijos y los cuatro se encaminaron hacia el furgón, aparcado en el callejón de la tintorería.

Una vez atravesaron la plaza y llegaron junto al transporte, todos los F. se lanzaron dentro, dispuestos a comenzar la huida. Lucas incluso se felicitó a sí mismo al comprobar que los ambientadores de la agencia eran, en efecto, con olor a pino.

La Agente Z también se felicitó porque el rescate hubiera sido tan sencillo: Norma se había zafado de la gente, los niños no habían puesto problemas y parecía que los habitantes del pueblo no se habían percatado de nada. Le pareció increíble que la operación de huida estuviera prácticamente acabada. Pero, como habrás supuesto, no todo fue tan fácil. Aquello solo era un espejismo.

—¡Eh! Un momento —intervino Lucas tras hacer el recuento—. Aquí falta alguien. ¿Dónde está Fiona?

* * *

Fiona sabía que se exponía a un castigo sobrehumano. Que si su padre o su madre se enteraban de lo que había hecho le prohibirían salir de casa hasta que fuera adulta y tuviera una vivienda propia como mínimo.

Por eso se dijo que debía conseguirlo.

Sin embargo, para que entiendas todo esto, necesito que te traslades apenas unos minutos antes. Cuando la furgoneta iba camino de la plaza del pueblo.

Fiona viajaba en el asiento trasero y se sentía cada vez peor. La furgoneta de la AAA había enfilado la calle principal, en dirección a la plaza, y gracias a eso Fiona había avistado, como si de una aparición se tratara, la figura

de Max caminando por la acera. Sin duda su amigo se dirigía hacia la fiesta. Y algo en el interior de Fiona había chillado tan fuerte que no tuvo más remedio que atender a ese pensamiento.

¿Sería verdad que Max la había traicionado? ¿Habría sido capaz de mentir tan bien como para engañarla de aquella manera? Fiona se sentía tan mal que ya no sabía ni cómo reaccionar. Estaba tan preocupada por que Max hubiera hablado con Mandíbula que su cerebro era un torbellino. Como si la nube de preocupaciones definitivamente la hubiera engullido.

A pesar de ello, se dijo que solo tendría esa oportunidad. Si no interceptaba a Max en aquel momento, la AAA los sacaría de allí y no volvería a verle jamás.

Necesitaba saber la verdad sobre su amigo. Resolver aquel enigma. Y, como la mente bajo presión trabaja a una velocidad increíble, en cuestión de segundos elaboró un plan perfecto para averiguar qué había sucedido. Cuando la furgoneta aparcara en el callejón y la Agente Z diera las instrucciones necesarias, Fiona aprovecharía el jaleo de puertas para escabullirse hacia la calle principal y encontrarse allí con Max.

Sabía que Norma tardaría tres o cuatro minutos en ir hacia el centro de la plaza, otros cinco para recoger a sus hermanos y otros tres, como mínimo, en volver. Eso le daba un margen de unos doce minutos sin contar retrasos: tiempo suficiente para aclarar las cosas con Max y regresar a la furgoneta. Era muy posible que alguien se diera cuenta de su huida, pero estaba claro que no iban a marcharse sin ella.

Cuando todos bajaron, no le fue muy difícil escabullirse del grupo hacia la calle, tal y como había planeado. A pesar de que le temblaban las manos y el asunto era serio, también sabía que debía mostrarse firme ante Max.

Fiona le vio avanzar, a pocos metros frente a ella, así que caminó muy rápido por la calle principal y volvió a esconderse en la esquina de otro de los callejones. Solo tuvo que esperar unos segundos para chistar a Max cuando pasó de largo.

Al verla escondida tras la esquina, el niño se quedó muy sorprendido. Por un momento, Fiona pensó que Max echaría a correr (sin duda, aquella reacción habría confirmado todas sus sospechas). Sin embargo, Max no reaccionó de ese modo. Se quedó quieto delante

del callejón hasta que comprendió que debía meterse dentro.

—¿Qué haces aquí? —preguntó una vez que llegó junto a Fiona—. ¿No deberías estar en la fiesta?

Fiona no sabía cómo explicar que los habían descubierto, que no sabían quién era el culpable de la filtración y que en su familia nadie estaba para fiestas (por no hablar de que alguien viajaba en esos momentos hacia el pueblo para atraparlos). Podría haber recuperado su historia, esa que había inventado sobre el tejado, y añadirle un final. Pero terminarla de aquel modo tan horrible le gustaba tan poco que se negó a hacerlo.

—Tengo que marcharme —se limitó a explicar—. Alguien ha hablado sobre nosotros y los malvados vienen hacia aquí. Me he escapado un momento para preguntarte si has sido tú.

—¡¿Bromeas?! —preguntó Max en una mezcla entre confusión y enfado—. ¡Yo no he hablado con nadie! ¿Por quién me tomas?

—No lo sé. No entiendo lo que ha pasado. Y como ayer no viniste a la Hermandad…

—Pues claro que no —explicó Max—. En la pastelería tenían un lío horrible por culpa de la fiesta de tu madre. Había que hornear un montón de encargos y quise ayudarlos un poco. Por cierto, ¿para qué queréis doscientas tartas? ¿Os habéis vuelto locas?

Fiona le dijo a Max que no había tiempo de explicar nada. Solo quería asegurarse de que seguían siendo amigos y de que él no la había traicionado. Por supuesto, Max se lo confirmó. Y Fiona se sintió más aliviada, aunque también intrigada. A saber cómo narices había llegado todo a oídos de Mandíbula.

—Acabarás enterándote —le respondió Max—. Pero también supongo que estás aquí sin tener que hacerlo. ¿No tenías que irte?

Fiona dijo que era cierto. Los doce minutos estaban a punto de terminar y debía llegar cuanto antes junto a la furgoneta.

—Deberías evitar la calle principal —sugirió Max—. Si alguien te persigue cortará los accesos importantes.

—¿Estás seguro?

—Claro. Sale en todas las películas. Hay que ir por los callejones. Vamos, te acompañaré.

* * *

La Agente Z pensó que si no estuviera de servicio tal vez habría chillado desde lo más profundo de su tráquea por culpa de aquella niña. Pero recordó el manual y todo lo que decía de la compostura, así que hizo un esfuerzo por calmarse. La AAA proyectaba siempre una imagen impoluta y ella no debía intranquilizar a los protegidos. Demasiado bien estaba saliendo todo como para que escaparan de allí sin ningún percance.

—Quedaos aquí —dijo tras desabrocharse el cinturón de seguridad—. Me aseguraré de que la calle está despejada y echaré un vistazo para ver si la encuentro.

La mujer se bajó del coche y, tras dejar a los F. muy preocupados por el paradero de Fiona, avanzó con cautela hasta la esquina. En situaciones como esas lo principal era salvaguardar a toda la familia. El protegido podía desestabilizarse con la pérdida de algún ser querido, por eso era fundamental que todos permanecieran juntos en el mismo sitio.

La Agente Z sacó del moño su DPM (*Dispositivo de Protección Multiusos o *superboli* según Lucas), y lo empuñó por si se topaba con algún peligro. Debía ser rápida cuando asomara la cabeza. No había necesidad de correr riesgos.

Cuando hubo realizado las tres respiraciones reglamentarias, la Agente Z asomó un ojo por la esquina y después de ocho milisegundos de avistamiento volvió a resguardarse en el callejón. Aquella ojeada había bastado. Tal y como imaginaba, Mandíbula no había tardado en llegar. Un par de sus esbirros merodeaban por las inmediaciones de la tintorería con cara de zorros hambrientos. La Agente Z los identificó al instante. Eran los mismos que había investigado en innumerables ocasiones y con los que ningún agente deseaba toparse.

El primero de ellos era grande, inmenso, con una piel tan gris que se confundía con el cemento, y el otro era tan delgado que su nariz ganchuda era lo único que destacaba de él. En efecto, Mandíbula había mandado a dos de sus activos más peligrosos. Sin duda, Lorenzo era un objetivo fundamental para ellos.

La Agente Z se dijo que podría soportarlo, pues para todo hay una primera vez. Aunque también pensó que era inminente hacer un cambio de planes. Debía regresar cuanto antes a la furgoneta.

* * *

Lorenzo sabía que algo así podría pasar. En sus pesadillas, que se volvían más originales a medida que las noches se sucedían, había previsto todo tipo de finales horribles.

Disponía de un amplio abanico de argumentos, a cuál más desastroso: en uno de ellos, todos eran capturados y aniquilados por Mandíbula. En otro, la familia invitaba a la organización a tomar el té para negociar la entrega de Lorenzo, mientras que él, a cambio, ofrecía a Ginebra. Pero el más insólito era el tercero, en el que Lucas se chivaba de todo para obtener el reloj de pulsera como recompensa.

Lorenzo siempre había interpretado todo aquello como señales de su cerebro para estar preparado por si algo malo ocurría. Pero lo que nunca había soñado, lo que jamás pasó por su cabeza, era que su hija pequeña fuera a escaparse en mitad de la huida.

Norma, por su parte, no podía creer que Fiona fuera tan desobediente. Estaba tan enfadada que Lucas verdaderamente creyó que su madre entraría en parada cardiorrespiratoria. Mientras escuchaba sus protestas con una muestra de alaridos de lo más variado, solo deseó que en aquella furgoneta hubiera un desfibrilador, o un *superboli* o un reloj que supiera cómo reanimarla en el caso de que se desmayara.

Sin embargo, Norma no desfalleció. Más bien todo lo contrario: amenazó seriamente a Maya y Lucas para que confesaran cualquier información relevante sobre Fiona. Los hermanos, no obstante, se encogieron de hombros. Ninguno supo qué responder. Y lo mismo sucedió con Ginebra. Fiona y ella habían pasado juntas toda la tarde pero, a excepción del problemilla con Laura y aquellos peluches horribles, no había nada por lo que la niña pudiera escaparse. Al menos, nada que fuera razonable.

Ninguno de los F. podía creer que aquella situación estuviera aconteciendo (y lo peor es que ignoraban lo que iba a suceder a partir de entonces). La Agente Z regresó

al vehículo, se puso el cinturón con mucha prisa y pulsó el botón de arranque.

—¡Eh! ¡Un momento! —protestó Lorenzo—. ¿Qué hay de mi hija? ¡No podemos marcharnos así!

La Agente Z se giró sobre el volante y miró a todos los F. con la cara más seria de la historia.

—Tenemos que huir. Los Caninos han llegado.

Al oír eso, el Auxiliar Épsilon se llevó una mano a la boca y expulsó un gritito ahogado. Maya supuso que la situación era más complicada de lo que parecía.

—¿Los Caninos? —preguntó.

—Sí. Los esbirros de Mandíbula. Han aparcado frente a la tintorería y están investigando el terreno. En unos minutos estarán aquí y sin duda será vuestra ruina. Tengo que sacaros de este callejón de inmediato.

La Agente Z metió la marcha atrás y salió de la plaza de aparcamiento.

—¿Y qué pasa con Fiona? —exclamó Lucas.

—La recuperaremos —respondió la Agente Z antes de meter la siguiente marcha y acelerar.

De un modo u otro lo conseguiría. Solo tenía que averiguar cómo hacerlo.

CAPÍTULO 9

No sé si te ha pasado alguna vez que corres tanto y tan deprisa que acabas sintiendo un dolor en el costado. Es parecido a la sensación de quedarse sin aliento: empieza al lado del estómago y, si no te detienes pronto, el dolor es tan intenso que no te queda más remedio que morirte de agotamiento.

Así, más o menos, es como se sentía Fiona al llegar al callejón de la tintorería. Estaba claro que le faltaba un poco de entrenamiento. Pero te aseguro que se sintió peor al descubrir que allí no quedaba ni rastro de la furgoneta que, se supone, debía haberla esperado.

—¡Se han marchado sin mí! —chilló enfadadísima—. ¿Es que no les importo? ¡No se han dado cuenta!

—No lo creo —susurró Max—. ¡Agáchate!

Su amigo observaba el callejón, que estaba iluminado por la luz de las farolas. En aquel lugar cochambroso solo se oía el maullido de los gatos, pero un sonido de pasos se sumó al ambiente de intriga. Una sombra se aproximaba por la pared del callejón y se hacía cada vez más grande delante de ellos.

Pronto, los dos chicos observaron que en realidad la amenaza se trataba de dos sombras: una inmensa, gigante, como si fuera el eclipse de un planeta, y otra fina, apenas una rayita, de la que emergía una inmensa prominencia a la altura de la cabeza.

Al ver eso, los dos chicos se encogieron aún más de lo que estaban. Y todo se encabritó cuando una de las sombras, en concreto la estrecha, pareció recibir instrucciones desde una especie de intercomunicador:

—Atención, comunicado Mandíbula. Familia F. en búsqueda. Confirmando datos en tres, dos, uno... Atentos a la descripción.

Después, el intercomunicador empezó a emitir datos sobre el posible aspecto actual de los F. Información sobre su pelo, vestimenta, hábitos, posibles lugares de localización... La descripción coincidía al dedillo con todos sus miembros (bueno, con todos menos con Ginebra, que incluso para Mandíbula parecía ser un absoluto misterio). Aquello no hizo sino confirmar lo que ya les había advertido la Agente Z: que los estaban buscando. Mandíbula ya había llegado y estaba en aquel pueblo dispuesta a capturarlos.

Fiona se echó a temblar al presenciar todo aquello.

—Tenemos que salir de aquí —imploró a Max.

Lo hizo con señas, claro. Porque cualquier murmullo hubiera delatado su posición y habría sido el final.

Tanto Max como ella se encontraban a merced de aquellas dos sombras que se hacían cada vez más grandes sobre la pared y Fiona pensó que o reaccionaba a tiempo o tal vez no habría vuelta atrás. Palpó el muro que había a su espalda e identificó una superficie de metal: se trataba de la puerta trasera de la tintorería. Por fortuna, no estaba cerrada. Tal vez hubiera alguien dentro.

Las sombras habían avanzado tanto que pronto se les echarían encima. Fiona supo que aquella era su última oportunidad. Agarró a Max del brazo y lo introdujo tras ella en la lavandería.

Una vez dentro, los chicos necesitaron un tiempo para acostumbrarse a la luz de los fluorescentes. En efecto, no

estaban solos. Bujía hablaba por teléfono en la zona del mostrador.

El instinto de Fiona le advirtió que tal vez era mejor no ser vistos. Los escondites funcionan de forma parecida a los secretos: cuantas menos explicaciones, mejor. Así que avanzó con cautela, seguida de Max, buscando un lugar donde ocultarse.

Cuando llegaron a la sección de planchado, Fiona reparó en que el cuartito de la trastienda, aquel que Bujía usaba para escaquearse, estaba abierto. El candado que sellaba habitualmente la cerradura había desaparecido, así que la niña no se lo pensó dos veces. Empujó la puerta entornada y se coló dentro.

Desde ahí escuchó cómo Bujía hablaba con alguien que le exigía resultados sobre algún tipo de encargo. Fiona pensó que aquello era muy raro. Su madre estaría en aquellos momentos metida en la furgoneta y con otros problemas más importantes. Sin embargo, la voz de sorpresa de Max le hizo comprender todo en un instante.

—¡Fiona! ¡Mira!

Ocurrió como cuando encuentras algo que llevas días buscando. La pieza del puzle que al final encaja. La solución al acertijo. Junto a ellos había varias cajas llenas de ositos de peluche, lo que les hizo comprender la implicación de Bujía en todo ese asunto.

—¡Estaban aquí escondidos! —exclamó Fiona.

Pero había más. Colgada de un gancho de la pared, tal y como si fuera un uniforme secreto que hubiera que ocultar, una gorra roja llamó la atención de Fiona. Era la confirmación. La prueba que buscaba. El eslabón secreto que unía toda aquella trama.

—¡Bujía es el cómplice de Laura! —dedujo—. Él era el hombre de la gorra. ¡El que repartía los envíos!

—¿Qué envíos? ¿Qué gorra? —preguntó Max—. ¿Estás loca realmente?

—Ahora te lo explico —respondió Fiona—. Esta tarde he descubierto cosas muy interesantes.

En efecto, a Max le faltaba bastante información para comprenderlo todo. Y lo haría de inmediato. Desenmascarar a Laura era importante, pero antes Fiona necesitaba meditar un plan de escape.

* * *

La Agente Z echó el freno de mano e inspiró profundamente antes de explicar el plan de emergencia. Había tardado apenas dos minutos en idearlo (precisamente por eso se llaman *de emergencia*) aunque sabía que iba a ser complicado que los F. aceptaran el trato.

—Tenéis que bajar del transporte —soltó con firmeza—. Necesito la furgoneta para mí sola durante unos minutos.

—¿Por qué? —preguntó Lorenzo—. ¿Adónde se dirige?

—A buscar a Fiona —respondió la agente—. Cuando su hija regrese al callejón necesitará que alguien la rescate. Usaré la furgoneta para escapar. Solo así podremos tener una oportunidad.

Al escuchar aquello, Lorenzo y Norma exigieron tajantemente ir también dentro del transporte. Pero la Agente Z se negó en redondo.

—Eso es imposible —argumentó—. Si me acompañan pueden entorpecer la huida. Deben quedarse aquí. El Auxiliar Épsilon cuidará de ustedes.

Todos sabían que la Agente Z llevaba toda la razón, por muy fastidioso que fuera dársela.

—Debéis manteneros unidos —insistió ella—. Es muy importante.

Después señaló la fiesta de la plaza, que a juzgar por los gritos de sus asistentes estaba siendo un éxito absoluto. La mayoría de los vecinos estaban llenos de manchas.

—Dispersos entre la gente es la mejor manera de estar protegidos —insistió la mujer—. Así que meteos en la fiesta y procurad que los Caninos de Mandíbula no os detecten.

La Agente Z se aseguró de que todos los F. (todos menos Fiona, claro) habían comprendido las instrucciones. Se camuflarían entre el público haciendo como que

disfrutaban de la fiesta. Mientras tanto, aguardarían su regreso.

* * *

Fiona se dio cuenta de que encerrados en aquel cuartito no podrían hacer gran cosa para escapar. Habían conseguido huir de los esbirros y de sus sombras, pero el principal objetivo era salir y buscar a sus padres.

El problema era que no tenía ni idea de cómo hacerlo. Piénsalo bien. Fiona solo tenía nueve años. A saber qué habrías hecho tú si estuvieras metido en un cuartito con tu único amigo y sin tener la remota idea de dónde se encuentra tu familia. Admítelo: estarías asustado.

Fiona también lo estaba un poco. Pero supo que, aunque sus padres se hubieran olvidado de ella, en algún momento de la huida lo descubrirían y darían la vuelta.

La niña pensó que, si hubiera tenido el reloj de su padre, tal vez habría podido alertar de su posición en cualquier momento. Pero, como el mundo no es perfecto y solo contaba con sus propios medios y los de Max para huir de aquel avispero, decidió que al menos saldría del cuartito por el momento.

Así que así lo hicieron. Los dos abrieron la puerta con sigilo y avanzaron a gatas para evitar ser vistos. Bujía, por su parte, se dirigía en aquel momento a recibir a un cliente. Y, aunque ni Max ni Fiona podían ver nada, el sonido por encima de sus cabezas les hizo saber que se trataba de Laura.

—¡Te lo ordené y no me hiciste caso! —exclamó la mujer hecha un basilisco—. ¡Eres un inútil! Me prometiste que te las apañarías para reventar esta dichosa fiesta.

—¿Y cómo querías que lo hiciera? —protestó Bujía—. Norma tenía todo controlado. ¡No me ha dejado ocuparme de nada!

—Esa dichosa mujer... —maldijo Laura—. Ni ella ni su familia deberían haber llegado jamás a este pueblo. Gracias a su hija rebelde todos esos mocosos se han negado a coser. ¡Por su culpa la producción se ha detenido!

Bujía tardó un rato en responder. Era evidente que no encontraba más excusas.

—No sé. Tal vez... podrías coserlos tú —sugirió.

—¡¿Ponerme yo a coser?! —La indignación de Laura era graciosa, desde luego—. Debes de estar bromeando. Hay que encontrar un modo de obligarlos. Me encargaré de que esa dichosa niña se lleve su merecido.

Al escuchar aquello, Fiona sintió una mezcla de rabia y de sorpresa. Se imaginó a sí misma incorporándose, mostrándose ante Laura y dándole, sin duda, el susto de

su vida. Pero supo que era mejor no hacerlo. Por fortuna, Max había acopiado toda la información y actuaría para desenmascarar a Laura cuando Fiona estuviera bien lejos.

—Bueno, ¿qué solución propones? —insistió la jefa de la Hermandad a Bujía—. No voy a pensarlo todo yo sola.

Bujía se puso a pensar. El problema era que tardaba una eternidad en hacerlo.

Max, mientras tanto, miró muy serio a Fiona. A su mente acudió una pregunta vital:

—En serio, ¿doscientas tartas? —murmuró—. ¡¿Para qué queréis tantas?!

No hubo tiempo para que Fiona respondiera. Las campanillas de la entrada les hicieron entender que la puerta de la tintorería se había abierto de nuevo. Los pasos de dos individuos avanzaron hasta el centro del establecimiento.

Aquellas presencias extrañas (no solo para Max y Fiona, sino también para Bujía y para Laura) se encargaron de cortar de raíz la conversación.

—¿Es usted el encargado? —preguntó uno de los recién llegados.

—Sí... Bueno, no exactamente —respondió Bujía, algo dubitativo—. Pero dígame, ¿quiere dejar algo para lavar?

—En absoluto —respondió la voz.

Las piernas de los hombres merodearon sobre las baldosas. Transcurrió otro silencio hasta que el señor que había hablado (y que tenía la voz como un cuchillo de sierra) apoyó las manos encima del mostrador.

—Necesito información.

—¿Información? —preguntó Bujía extrañado—. ¿De qué tipo?

He de decir que el recién llegado (que, como habrás deducido, era uno de los Caninos de Mandíbula) dio a Bujía el nombre real de Norma. Al escucharlo, Bujía pensó que le hablaban en chino, ya que él solo la conocía por el nombre de mentira. Fiona pensó que gracias a aquel malentendido todo podría salir bien, pero por desgracia

no fue así. El otro Canino, un señor que, si has observado, no había abierto la boca desde que habían entrado, agarró a Bujía por el pescuezo mientras arrancaba de la pared la foto de empleada del mes de Norma.

—¿Dónde está esta mujer? ¡Necesitamos encontrarla!

Bujía sintió cómo temblaban todas las células de su cuerpo.

—¿Ella? Pues en la fiesta.

—Así es —confirmó Laura, también temerosa—. Acabo de verla repartir boletos para la rifa. ¿Por qué la buscan? ¿Se ha metido en algún lío?

Parecía que Laura se arriesgaba con esa intervención. Fiona creyó que cualquiera de los Caninos la aniquilaría en un santiamén. Sin embargo, no hicieron nada de eso. Cuando el sobrino del señor Bodel señaló el escaparate, se giraron hacia él y parecieron entender cuál era su siguiente objetivo. A través del cristal, la fiesta de la tintorería se expandía como un terreno consagrado a la más absoluta diversión. Supieron que ahí era adonde debían dirigirse.

Fiona percibió el peligro palpitando en las aletas de su nariz. Lo bueno era que acababa de descubrir dónde se encontraba su madre; lo malo: que el enemigo también lo sabía.

Supo que debía salvar a su familia. Probablemente todos ignoraban que los Mandíbula iban hacia allí.

* * *

Casi al mismo tiempo que los malvados abandonaban la tintorería, Fiona salía acompañada de Max por la puerta trasera del establecimiento. Era como si la tienda vomitara gente por todos sus accesos. La única diferencia

era que, mientras que unos querían aniquilar a los F., los otros pretendían todo lo contrario: salvarlos del desastre.

Fiona no tenía ni idea de cómo hacerlo. A su cabeza acudieron multitud de imágenes que podrían haber servido como objetos de defensa: perchas, botes de lejía, pinzas, las castañas de Max, incluso los dichosos ositos de peluche, que tanto le habían preocupado y que ahora parecían inofensivos comparados con la idea de perder a sus padres.

Lo más probable era que si Norma se encontraba en la fiesta, el resto de la familia la estuviera acompañando. Si ella fuera la Agente Z y se diera cuenta de que alguien del grupo había desaparecido, procuraría mantener reunidos al resto mientras iba a rescatar al que faltaba.

No pudo prever la razón que llevaba. Nada más salir al callejón, y casi como si hubiera tenido telepatía, descubrió a la Agente Z armada con su *superboli* y preparada para dar una patada a la puerta.

—¿En qué rayos estabas pensando? —le riñó la mujer, nada más bajar la pierna—. ¿Sabes el lío que hay montado aquí?

Fiona asintió y avisó a la Agente Z de que el problema era aún peor: los Mandíbula iban camino de la fiesta para cumplir con su misión.

—¿Y él? ¿Qué hace aquí? —exclamó la Agente Z al descubrir a Max junto a la niña.

—Es Max. Es mi amigo y te aseguro que no se ha chivado de nada. Solo quiere ayudarnos.

Fiona dijo todo eso de corrido para evitar regañinas innecesarias. Aquella era una situación límite y la Agente Z no debía andarse con burocracias.

—Está bien. Venid conmigo. Iremos a rescatarlos.

—¿Cómo? —preguntó Fiona.

La Agente Z no respondió. Fiona no debía darse cuenta de que en aquellos momentos estaba improvisando.

* * *

Norma intentó que sus manos no temblaran mientras condecoraba al ganador de la carrera de obstáculos. El campeón recibió su trofeo muy sonriente, aunque su gesto apenas se pudo apreciar (pues el chico estaba cubierto de barro).

Lucas pensó que, si su madre no estuviera tan preocupada por Fiona y la huida, habría disfrutado como nadie el éxito de la fiesta. Norma permanecía muy atenta al lugar donde se encontraba cada uno: Maya y Ginebra echaban una mano en el puesto de los bollitos; Lorenzo rellenaba las pistolas de pintura cada vez que un equipo había terminado; y Lucas, por decisión propia, se había dedicado a algo que no requería mucho esfuerzo: apuntar los nombres de los participantes en la batalla de tartas.

Lucas había visto a Laura salir de la plaza, camino de la tintorería, y en ese momento había confirmado sus sospechas: algo olía muy mal alrededor de esa señora. A saber por qué motivo abandonaba la fiesta de un modo tan sinuoso.

El chico repasó la lista de participantes y se dijo que era hora de prepararse. Los vecinos ya acudían ansiosos alrededor de las mesas. Allí, las doscientas tartas aguardaban a que la batalla diera comienzo.

Tras abandonar el puesto de bollitos, Maya llegó junto a él. Lucas, mientras tanto, volvió a echar un vistazo a la tintorería. A través del escaparate, Bujía y Laura parecían estar discutiendo. Sin embargo, otras dos figuras, tan extrañas como inquietantes, acababan de abandonar el local y se dirigían hacia la plaza.

Al verlas, Lucas se estremeció. Resultaba evidente que aquellos dos esbirros eran los Caninos de Mandíbula y, lo que es peor: que habían conseguido localizarlos. Uno de ellos era tan inmenso como un globo aerostático y el otro tenía una nariz tan afilada que era difícil de olvidar. Los dos avanzaban en esos momentos entre la gente comprobando sus caras y descartándolos a su paso. Había que hacer algo, y rápido.

Raudo y fugaz (como solo pueden hacer los superhéroes y los niños avispados), agarró una de las tartas. Después miró con una sonrisa a Maya. Su hermana no podía prever lo que estaba a punto de suceder. Y, a pesar de lo tenso de la situación, Lucas decidió saborearlo.

—Hey, Maya —le dijo a su hermana—. Necesito que me perdones.

—¿Por qué? —preguntó ella.

—Por esto. ¡Te aseguro que es necesario!

Y le plantó un tartazo en toda la cara. Para Maya aquello fue tan inesperado que ni tuvo tiempo de chillar.

Y, de todas formas, aunque lo hubiera hecho, nadie la habría escuchado. Los participantes, ansiosos por que la batalla empezara, interpretaron aquel tartazo como el inicio de la contienda y se lanzaron hacia las mesas dando comienzo a una lucha encarnizada.

—Pero ¿qué estáis haciendo? —exclamó Norma tapándose la cabeza bajo los lanzamientos de bizcocho.

Norma acababa de llegar junto a Maya y Lucas dispuesta a regañarlos. No comprendía por qué habían empezado antes de tiempo.

—Necesitamos camuflarnos, mamá. Mira.

Lucas acababa de señalar a los dos Caninos de Mandíbula. Los hombres se abrían paso como podían entre la gente, aunque sin mucho éxito. Y Norma comprendió, de repente, la genialidad de la idea de Lucas: era difícil localizar a nadie entre cien caras cubiertas de nata.

Sin embargo, no hubo tiempo de camuflar al resto de la familia. El Canino gigante fue más rápido. Alzó uno de sus brazos enormes y lo elevó al frente, señalándolos. Yo no sé si a ti te ha pasado alguna vez, pero a mí sí. Cuando alguien te señala de esa manera, te aseguro que te dan ganas de salir corriendo. Y eso es precisamente lo que intentaron Norma, Lucas y Maya. El único problema era que tanto ellos como Lorenzo y Ginebra estaban rodeados de gente que no paraba de lanzarse tartas.

El Canino gigante avisó de inmediato al narigudo y ambos avanzaron hacia ellos. Parecían dos robots directos a aniquilar a su objetivo.

Lucas temió que aquello realmente fuera el final. No sabía de qué modo evitar el desastre. Lo único que se atrevió a hacer fue agarrar una de las tartas. Dudaba de si al lanzarla podría conseguir gran cosa. Pero nunca se sabe. Sin embargo, no hizo falta. Una presencia inesperada los empujó hacia atrás, interponiéndose entre ellos y los Caninos.

—¡Apartaos! —gritó.

Se trataba de la Agente Z. Había llegado hasta ahí acompañada de Max y Fiona y en aquellos momentos defendía a todo el grupo de los F. con su *superboli* extendido al frente.

Al verla, Lucas se quedó alucinado. Deseó con todas sus fuerzas que aquel boli tuviera también un mecanismo secreto de defensa. No por el miedo (que también), sino porque se moría de ganas por presenciarlo.

—¡Quietos! —exclamó la Agente Z con un chillido que tembló un poco al final.

Los Caninos avanzaron más, como si ni siquiera la hubieran oído.

—¡He dicho «quietos»! —exclamó la agente, aún más fuerte.

Esta vez los Caninos sí se detuvieron. Apenas estaban a cinco o seis metros. Acababan de detectar el boli en la mano temblorosa de la mujer y calibraban la situación.

—Eres una única agente solitaria —habló el Canino narigudo—. Sabes perfectamente que no podréis escapar.

—No estés tan seguro —chilló la Agente Z—. Voy bien armada.

—¿Ese cacharro estúpido? —se burló el Canino—. Conocemos perfectamente vuestros aparatos. Y esa no es un arma. Además, a esta distancia no tienes alcance. Jamás conseguirás reducirnos. Los refuerzos están llegando y falta poco para que os aniquilemos.

Lucas miró a la Agente Z. Parecía que tragaba saliva. Y de repente temió que los Caninos llevaran razón. ¿En verdad estaban tan desprotegidos como parecía?

Fiona también temió por aquella conversación. Sobre todo porque parecía que nadie alrededor se estaba enterando. Todos estaban demasiado ocupados en divertirse. Había tal escándalo que ninguno los oiría pedir auxilio.

Sin embargo, Fiona detectó a alguien que sí estaba atendiendo. Una niña rubia y avispada que hacía rato había sacado la cabeza entre el torbellino de tartas. Se trataba de Dolores. Tal y como era habitual en ella, permanecía muy quieta detrás de los Caninos mientras atendía a la conversación completa.

—No estés tan convencido —respondió en aquellos momentos la Agente Z—. Te crees que te las sabes todas. Pero tus archivos están desactualizados. ¡Armar DPM!

La cara del Canino cambió de repente. No había esperado aquella reacción por parte de la agente, que continuó adelante, y tras echar una mirada de confianza a los F. apretó su *superboli* con decisión.

—Shhhchhhhuppp —se oyó en mitad de la plaza.

Al ver lo que había ocurrido, Lucas no pudo evitar exclamar, muy ilusionado:

—¡Es un dardo!

En efecto. Nada más pulsar el *superboli*, un dardo cargado con algún tipo de sustancia paralizante acababa de clavarse en el hombro del Canino delgado. El esbirro narigudo cayó al suelo inmovilizado, mientras que su compañero aún no se había dado cuenta de lo que acababa de suceder.

La Agente Z se preparó para encargarse también de él. Lanzó otro dardo apretando de nuevo el *superboli*. Pero cuando el proyectil se clavó en el cuello del Canino gigante daba la impresión de que el enemigo no terminaba por caer.

—Maldita sea —masculló la Agente Z—. ¡El DPM solo da para dos dardos!

Al parecer, la sustancia paralizante no era suficiente para tumbar al Canino gigante. El esbirro se tambaleaba, aunque luchaba por avanzar al frente y recuperar la compostura.

—¿Qué hacemos ahora? —preguntó Lucas.

La Agente Z no contestó. El Auxiliar Épsilon tampoco. Ambos los rodearon con los brazos. Parecían dedicarse a protegerlos físicamente.

Lorenzo, por su parte, cayó en la cuenta de que tal vez pudiera hacer algo. Comenzó a toquetear el reloj mientras al frente el Canino ganaba terreno.

—¿Hola? ¡¿Hola?! ¡Estamos en peligro! Por favor. ¡Contesten!

Al ver aquello, Lucas creyó estar soñando.

—¡¿Funciona de intercomunicador?! —exclamó—. ¡Me parece increíble que lleves ese reloj y aún no se te haya ocurrido usarlo!

Casi al instante, alguien contestó desde el reloj.

—Buenas noches, señor F., aquí la AAA. ¿En qué podemos ayudarle?

Lorenzo y Lucas notaron cómo la emoción les llegaba a la garganta.

—¡Aquí Lorenzo! Lorenzo F. ¡Déjense de protocolos y ayúdennos! ¡Estamos en peligro!

—¿En peligro? Eh... ¿No está con ustedes su agente?

Aquella conversación avanzaba muy despacio. Demasiado. Lucas supo que era momento para hacerse cargo de la situación. Agarró el brazo de su padre y chilló al reloj.

—¡La agente está desarmada! ¿Me oyen? ¡Se ha quedado sin dardos y tenemos al Canino avanzando hacia nosotros! ¡Ayúdennos!

—¡Oh, vaya! Sí, sí... ¡ahora mismo!

Tenía gracia, porque el Canino también lo estaba oyendo. El dardo estaría haciendo efecto y a duras penas era capaz de caminar. Pero no cesaba en su empeño. Todos hubieran intentado huir si no fuera porque el Canino, en aquellos momentos, extrajo un arma de su chaqueta. Fiona pensó que aquello se había puesto muy serio. Sin embargo, no contaba con un elemento. Uno poderoso, situado detrás de él y que estaba a punto de desbaratarle el plan. Se trataba, efectivamente, de Dolores.

Fiona había seguido con la vista a la niña que, vestida con su camiseta de margarita, había ido en busca de la manguera de la carrera de barro. Después, se había colocado detrás del Canino y, justo cuando la voz del reloj estaba emitiendo las instrucciones, lanzó la manguera a los pies del esbirro, apañándoselas para hacerle caer.

—¡¡Bravo!! —exclamó Fiona cuando el Canino se derrumbó.

Pero no todo estaba solucionado. Desde el suelo, el Canino intentaba recomponerse y concentrarse en el arma. A pesar de su mareo, luchaba por apuntar al frente.

—¡Ni se os ocurra moveros o disparo!

Lucas jamás creyó que estarían tan en peligro como en aquellos momentos. Mientras tanto, la centralita continuó con sus indicaciones.

—A ver, señor F., pruebe con esto: pulse tres veces sobre el reloj.

Lorenzo cumplió la instrucción y, de repente, una voz robótica de locutor sorprendió a todos los F. hablando desde el cacharro: «Modo ataque activado».

La centralita continuó:

—Ahora apunte hacia el Canino y diga: «Fuego».

—¿Fuego? —preguntó Lorenzo.

—¡No, hombre, no! —exclamó la voz de la centralita—. ¡Dígalo con convicción!

—Ah, está bien. Con convicción. De acuerdo.

Lorenzo se armó de valor, apuntó al frente y chilló:

—¡¡¡¡Fuego!!!!

Casi de inmediato, unos cables finísimos, tan finos que apenas se apreciaban, salieron disparados del reloj y se engancharon al Canino dándole una buena descarga.

Al ver que, gracias al reloj, el Canino había quedado también paralizado, la Agente Z elevó muchísimo las cejas y empujó a los F. para salir huyendo.

Mientras echaban a correr, Fiona sonrió al ver que Dolores ponía un pie sobre el enemigo. Se despedía de ella con la mano mientras elevaba el otro puño en actitud triunfante.

Fiona se dijo que a veces las cosas salen bien, y que lo hacen gracias a gente con la que ni habíamos contado.

EPÍLOGO

Por fortuna, todo terminó poco después. Y fue un alivio. Si no, tanta tensión habría sido muy difícil de digerir. Como Ginebra se conocía aquella región de memoria gracias a sus salidas de turismo, supo señalar un escondite perfecto para que los Caninos pasaran de largo: el Hospital Infantil que, como recordarás, estaba en obras.

—Me lo apunté por si podíamos necesitarlo —explicó—. Hizo bien en regalarnos esos mapas, Agente. Buen trabajo.

La Agente Z se sintió orgullosa de que alguien la felicitara por sus servicios. Y sacó de su bolso unos cuantos sándwiches que había preparado por si acaso todo acababa bien.

—Solo quiero lo mejor para mis protegidos —dijo repartiendo la cena a los F.

Fiona sabía que aquel era el momento adecuado. Su padre había evitado la explicación a toda costa pero, a esas alturas, todos habían podido ver demasiado cerca el peligro.

—Papá, creo que deberías contarnos lo que pasó —sugirió la niña—. ¿No entiendes que para nosotros es importante? Necesitamos saber la verdad.

Lorenzo llevaba tiempo evitando aquel momento. Su intención de proteger a su familia había sido buena, pero tal vez Fiona llevara razón y lo mejor para todos era conocer todos los datos.

—La verdad, hija, es que hay poco que contar —explicó.

—Aun así, creo que Fiona lleva razón —apoyó Norma—. Es necesario.

—Lo sé —dijo Lorenzo con un suspiro—. Os lo contaré.

Maya y Lucas se acercaron a su padre. También ellos estaban ansiosos por conocer su versión.

—Veréis... Aquel día yo estaba en mi garita de vigilancia y fui a hacer la ronda nocturna por la fábrica —comenzó Lorenzo—. Como cada noche, me acerqué a la zona de los contenedores. Siempre están solitarios, pero es mi obligación hacerlo.

Lorenzo tragó saliva un instante. Para él no era fácil hilvanar aquellos recuerdos.

—Caminaba por la sala tranquilamente cuando oí unos gritos y unas voces extrañas. Al parecer el gran jefe se acercaba.

—¿El gran jefe? —preguntó Lucas—. Quieres decir, ¿el dueño de la fábrica?

Lorenzo asintió.

—Así es. Era de madrugada. Me pareció muy extraño que hubiera gente reunida a aquellas horas. Sé que varias personas entraron en la sala, que los alumbré con la linterna y que, después de hacerlo, todo se volvió negro.

—¿Por qué? —preguntó Fiona—. ¿Qué es lo que pasó?

—No lo sé —respondió Lorenzo—. Cuando me desperté, un señor con un traje muy elegante me llevaba en su coche a toda velocidad.

—El Agente H —intervino el Auxiliar Épsilon—. Es toda una leyenda. Trabajaba de infiltrado en la fábrica y encontró allí a Lorenzo. Le salvó la vida.

—Un momento. Hay algo que no entiendo —interrumpió Maya—. ¿Qué tiene que ver Mandíbula en todo esto? Que yo sepa, mi padre trabajaba en una simple fábrica.

—Te equivocas. Es todo una tapadera —intervino, por fin, la Agente Z. Su tono de voz era grave, el sonido de quien dice la verdad.

—El gran jefe de la fábrica es en el fondo el fundador de Mandíbula —explicó la agente—. Todos le llaman el Incisivo y nadie sabe quién es. No hay documentación. Nunca hemos podido verle. Pero sospechamos que vuestro padre sí y que por eso Mandíbula le está persiguiendo.

—¡¿Es eso cierto?! —exclamó Maya, muy impactada.

—Creo que sí —respondió Lorenzo—. El problema es que no me acuerdo. Según ese Agente H, su cara está en mi cerebro y continuará allí hasta que consiga recordar.

—Y por eso la AAA se está encargando de protegerle —añadió la Agente Z—. Vuestro padre es muy valioso. Solo él podrá identificar al jefe de Mandíbula. Solo él conoce el aspecto del Incisivo.

Llegados a aquel punto, ninguno de los F. pudo articular palabra. Aquella verdad era inquietante pero, a pesar del mal rato, ninguno se arrepintió de conocerla. Todos mordieron sus sándwiches en silencio a la vez que mascaban sus propias conclusiones.

Cuando estuvo segura de que el peligro había pasado, la Agente Z los sacó del escondite y los condujo hasta un motel para que pasaran allí la noche. A pesar de que el motel estaba custodiado por la Agencia, las nubes de preocupaciones volvieron a formarse sobre la cama de cada uno de los F. Sin embargo, todos estaban tan cansados que el sueño acabó por vencerlos.

Solo quedaba un interrogante, y era el motivo por el que Mandíbula los había encontrado. A la mañana siguiente, la Agente Z les relató los detalles: el culpable había sido el programa de televisión, aquel que no entrevistó a Norma ni a Maya pero que sí había sacado unas imágenes de recurso de la tintorería. Entre aquellos planos que

adornaban el reportaje se hallaba uno en el que aparecía el marco de «empleada del mes»; aquella foto de Norma sonriente. Los rastreadores de Mandíbula se pusieron pronto en alerta y, bueno, ya conocéis el resto.

A pesar de la nube de preocupación que Fiona tuvo aquella noche, hubo una cosa que le alegró muchísimo, y fue el regalo que el Auxiliar Épsilon le dejó antes de marcharse: su camiseta de la margarita. Aquella prenda era ya un talismán para ella y el auxiliar la había sacado de la casa y se la había devuelto junto con el resto de su ropa. Así que imaginad la felicidad de Fiona.

Sin embargo, aquella alegría no fue nada comparada con la de la Agente Z. A pesar de que se tenía que poner de nuevo en marcha y elaborar de inmediato otro plan para proteger a los F., la mujer estaba exultante. Aquella había sido su primera misión y se dijo a sí misma que el resultado había sido bastante bueno. Su seriedad como profesional no le permitía comunicar su emoción a los F., pero sí os diré que en un momento en el que nadie la veía dio un par de saltitos gesticulando en silencio.

Y creo que eso es todo. Bueno, no. Olvidaba una cosa. Se trata de esto:

Querida Fiona:

No sé si conseguirás leer esta carta, pero te la escribo para que sepas que aquí todos estamos bien.

No veas la que se organizó después de marcharos. Al poco rato una especie de ambulancia se llevó a esos dos señores y por aquí no se ha vuelto a saber nada. Muy extraño.

Yo, por mi parte, me fui inmediatamente a avisar a la policía. Tenía que cumplir mi encargo. Ellos me hicieron caso, fueron a la tintorería y requisaron todos los ositos. Lo mejor fue que pillaron a Laura y a Bujía en mitad de la entrega y la verdad es que es lo más grande que ha pasado nunca.

Te parecerá mentira, pero me acuerdo mucho de ti y de lo bien que lo pasábamos en la Hermandad. Ya sé que coser osos era un rollo, pero es curioso: recuerdo esos momentos como si siempre hubieran sido buenos.

Fue muy divertido.

Espero que en algún momento pueda hacerte llegar esta carta. Y que puedas leerla.

Tu amigo.

Max

Te diré que Max lo consiguió y que Fiona pudo leer la carta. ¿Cómo? No me está permitido contarlo. Creo que ya te he dicho demasiado y que podríamos tener problemas. Ambos: tú y yo.

De todas formas, puede que en un futuro me permitan hacerlo. Ya imaginarás que los F. siguieron escondidos durante un buen tiempo. Es posible que la próxima vez me dejen contártelo. Te prometo que voy a intentarlo. Sin embargo, tendrás que esperar. Tal vez en la próxima ocasión.

OTROS TÍTULOS DE LA COLECCIÓN

Aquí acaba este libro
escrito, ilustrado, diseñado, editado, impreso
por personas que aman los libros.
Aquí acaba este libro que tú has leído,
el libro que ya eres.